人生一场，爱过几次，其实都不过是一封情书，

写出所有蜜语狂想——

目录

伯牙与子期

亲爱的 Z 先生：

我先跟你说一个故事吧。

有两个男人，一个弹琴弹得非常好，好到他已经不相信别人赞美他弹琴弹得好是真心的夸奖。如果他愿意去给奥运会开幕式弹琴，郎朗一定没机会。另一个则完全不会弹琴，也不太会说夸奖别人的话。见到太阳不会说是红日，看到寿龟会直接喊成王八。所以这种人一般都不太会讨领导和上司的欢心，没有办法成功上位，默默地过着平凡的日子却也能自得其乐。然而这个不会弹琴的男人，却在偶然中跟弹琴很好的男人成了要好的朋友。一个懂得弹，一个懂得听；一个弹大江大河，一个就直说这波涛真够汹涌；一个弹鸡汤挂面，一个就遗憾说这汤怎么不熬得更浓些。两个人不常见面，一年只约见一次，就像是住在纽约的你和住在北京的我，偶尔碰见的时候，就会大笑着拥抱对方，分住两个城市的时候，怀抱里留着的也必然是别人的温度。

后来，不会弹琴的男人死了。弹琴很好的男人就跑到他的坟上大哭了一场，然后把琴一砸，从此不再触碰音律。

故事到这里就结束了。

弹琴很好的男人，叫伯牙。不会弹琴的男人，叫子期。两千多年来，人们一直相信他们是很要好的朋友。

音乐是很细腻的东西。擅长用音乐去书写感情、抒发见解的人，是必然通晓每一个音符，跟自然万物之间存在着微妙联系的。换句话说，玻璃碎了，花朵凋了，猫咪困了，轮胎爆了，所有普通人类听在耳朵里觉得很不可爱的事情，懂得音乐的人，却都会有不同的见解，然后用五线谱写下来，弹成钢琴键盘上的哆来咪，也不管你是不是真的听得明白。

这么一种细腻的人，永远都会烦恼着总是没人去理解自己的。惆怅啊惆怅，郁闷啊郁闷，然后突然就遇到了一个完全听得懂自己心情、听得懂自己烦闷、听得懂自己所有爱恨情仇的人——你能说，那个后来的人，他就是很粗糙的吗？正如，你会相信赞叹着水仙的凄婉的，居然是一把刚撒上孜然粉的羊肉串吗？

所以我才不相信子期是一个粗枝大叶的普通樵夫。砍柴砍得好跟情感细腻，这两点并无矛盾之处。

这样一来，细腻的伯牙和细腻的子期，是完全有理由相处得很好的。因为细腻的伯牙身边，全是粗糙的路人，而细腻的子期周围，也全是粗糙的年轮。

他们两个没有理由感情不好，是精致的一对。会为着潮水起伏而感伤，会为着鸟语兽鸣而欢唱，这样的人生，才值得去珍惜留恋。

然后呢，细腻的子期死掉了。伯牙便决定把代表着自己所有感情和生命存在意义的音乐，作为陪葬，在子期的坟前全毁掉。

是比割腕自杀更壮烈的，活着的殉情。

现在的这个社会，细腻的人已经越来越多了。

但彼此细腻的方式又都不太一样，这个人多一些心灵手巧，那个人懂一些巧言令色，都会不同程度地讨人喜欢，觉得跟他们相处起来很快乐。然而只有极少的机会，才会发生这一个人说的话，让另一个人完全感动，另一个人煮的咖啡，使这一个人喝上瘾的例子。这样的两个人，无疑都是细腻的。偏偏他们细腻的方式和表现的手段，都很相似，是很契合的一对。

我们固然不是伯牙和子期的，我死了之后应该懒得去理墓土外头的虚情假意，最好是赖床赖个一千年不起来。倘若你坚持要来我坟前弹吉他，我也会半夜托梦骂你真三八。只不过，在两千多年过后的这个时刻，你还会相信伯牙与子期，他们俩仅仅只是很要好的朋友而已吗？

历史通常都很狡猾，故作权威与官方修订到底隐瞒了多少惹人遐思的小暧昧呢……

半夜吃了葡萄的我

夜 店

亲爱的 Z 先生：

夜店，顾名思义，就是在夜晚开的店。当然，你知道我说的不是 7–11。

这个世界上很多种不同的店，根据实际经营商品的不同，而有着与之匹配的名称。

比如卖包子的叫包子店，卖五金的叫五金店，卖奶茶的叫奶茶店。

但是这些店通常都很不专情，并不是叫什么就只卖什么，以至于常常让人忘了主次之分，会去街角转弯的那家包子店排队买刚出锅的花卷和烧卖，到五金店里挑选明明身为清扫工具的扫帚与拖把，而奶茶店就更过分，经常能听到中气十足的奶茶西施在临街吆喝，连连夸赞着她家的草莓牛奶最是一级棒。

还有些店，索性连所售商品与店名完全不符也顾不上了：黑店卖的不一定就是黑布、黑铁、黑油漆，只闻过其名的人肉包子才是招牌菜色；烟酒店常年主打的赢利项目则是回收冬虫夏草，夏天的时候卖卖冰棒也能小赚一笔；武昌街鸭肉店卖的是鹅肉这早就不是秘密，鸡店不是真的在卖生鲜活鸡，而是在给男人们过剩的性欲安排除了自己双手之外的第三只手。

至于夜店呢，我们很理所当然地将其理解成了在夜晚开的店，而不是贩卖夜晚的店。因为并没有一个与之相对的词，是叫作日店的。

给你写这封信的时候，我刚从夜店回来不久。

我曾经有过一段日子，每天都离不开夜店。觉得如果大半夜的不去溜达一下，待在家里就会一夜发出许多的霉来。然后又有了一段日子，我根本就不去夜店。因为喝酒喝到连白天也在茫然的时候，我根本找不到清醒的真实感，这让我觉得有些荒唐。

现在我偶尔会去，酒只喝一杯，舞只跳三曲，待不过几小时，面无表情地离开。偶尔会有陌生人送来拥抱，我也都会客气地接受，然后趁他一个不注意，从旁门溜走。

我自然知道在夜店是买不到夜晚的，但是似乎有人相信，在那里可以廉价地买到一个有人陪的夜晚，甚至，随之附赠的往后许多个有人陪的夜晚。自然也有人专门去那里，是打算卖掉自己陪别人过夜的服务的。无论是前者，还是后者，似乎都不是我的目的。我是花钱去浪费掉我那些不想发呆的无用时间而已。是最没有意义的，在夜店里的一种消费心理。

也许正是因为大家都晓得夜店是一个怎样的地方，所以你在夜店可以遇见美的、遇见丑的、遇见奇迹、遇见鬼，但就是遇不到真心和真意——偶尔也有一两个稀奇的成功案例，但人们都习惯了只汇报成绩不汇报败果，怨偶初成自有人弹冠相庆，后来什么时候拆的台散的伙，就渐渐地没了消息，是典型的报喜不报忧。

这样反倒让我更喜欢夜店里的那些人和事。

有时是看到一个人对另一个人说，“我是真的喜欢你”，然后一个条件更好地从身边经过，两人齐齐瞪眼去看。

有时是看到一个人吻另一个人，把手放在不该放的位置迟迟不拿开，然后吃亏的一方却在得意地笑。

有时是看到一个人从另一个人身旁走过，似乎谁也没看见对方，明明上周他们还腻在角落里喜笑颜开。

于是我就会满足地喝完手中的酒，自顾自地向那些隐藏着的诸多暧昧故事致敬。

此时夜店的空气里就开始弥漫着荷尔蒙的气味了——有一个游戏是讲被某种病毒感染后的人类，将会成为丧失理智只凭本能进攻其他活物的丧尸——夜越深，酒越酣，被荷尔蒙病毒感染的人就越容易成为发狂的丧尸。

为了活命，我只好跑开。

那么你去夜店的目的又是什么呢？

喝来不及品尝味道的酒？跳地方太挤根本伸展不开手脚的舞？聊在平时根本没觉得有多好玩但此时却很可以尽情三八一下的天？等着变成丧尸？又或者，等着被丧尸扑过来咬？

有人会说，只求一个开心。

在这个不管什么东西都在涨价的时代里，用区区几十几百块就能买到的开心，是夜店里冠冕堂皇地打包出售的，最物美价廉的商品。

夜店大约就是这么一个有些奇怪的地方。

待在里面几小时所经历的事件，不会比一集电视剧经历的起承转合更丰富和更精彩。可是人们始终觉得它比电视剧有趣，边看电视剧边吃薯片只会让人懒到发胖，拥抱跳舞不但消耗热量，还能勉励大家赶紧做作地装成很完美。

所以我也许会很乐意在夜店里跟你见面也说不定。至少我会装得没有瑕疵，小缺点都被刻意地藏起来，信与不信的界限本就随着酒精在血液里浓度的提升而变得模糊，你很难迅速发现我最糟糕的毛病。

气氛到浓时，更是一切都妙不可言。胡言乱语地说着一些“想你啊，喜欢你啊，别离开我啊”之类的话，第二天都可以假装醉了什么都不记得，刃不带血地通通抹杀掉。

就连突然想要亲吻你，也会成为再自然不过的事——换成在人民大会堂前，想要战胜心理障碍，难度就变得太大了。

我把所有对你打算做的，疯狂的行径，都压缩成脑海里的一个加密文件，寄存在夜店这个文件夹里，慎重保存。似乎终有一天会用得到。

但是呢，我却坚决不会真的要约你去夜店见面。

我向来不是做生意的高手，对于获利还是蚀本的概念一无所知。夜店也曾是你的账房，我失了地利自然也就满盘皆输，将全部身家都交托了到你的口袋里，明明你还存着一丝要留我全尸的善意问我发票抬头开哪里，我反倒木讷不觉地呆呆回了一句“写个人就好”。

所以啊，当那么那么多的人，踌躇满志地打算在夜店里大捞一笔的时候，我就会为他们充满忧伤。

富的更富，穷的更穷。喝到烂醉出门吐的人，总是把感情存款输到倾家荡产。被荷尔蒙驱使的丧尸都不可怕，要提防的永远都是那些只用眼神就能杀人的大老千。

我不愿输。倒仍希望你赢。切记要做潇洒的赌神，不要去学油腔滑调的赌圣。

或许仍是一个风和日丽的下午。

你骑着脚踏车来我窗下，低低地叫着，去踏青，去踏青！

我固然是不在的。邻居的小妹妹就会循声跑出来，对你说有留言要转告。

内容并不神秘：请来咖啡店找我。

衬衫里夹满烟味的我

微波炉加热爱情

亲爱的 Z 先生：

我很讨厌微波炉热好食物时“叮”的那一声响。与闹钟到点就响，来电时手机会响，宣布放学的下课铃响，洗衣机洗完衣服后会发出提示声响都不同，这些都是有着实际意义的，是目的明确而且合乎预测的声音，而微波炉的“叮”则是尴尬的，甚至是惹人恼怒的。

热一个三明治，设定好一分钟会热不透，三分钟会烤太干，两分钟出炉则是温温的不够烫手，那一声“叮”最多是告诉你：我完成我的工作了，但实际工作的质量如何，不关我的事。

于是，“叮”成了无意义的敷衍，有时会无奈地放回去再热一次，再“叮”一回，有时则是完全无可改造，悻悻地将入不了口的食物扔进垃圾桶。

所以就连出产方便食品的厂商，也会无可奈何地在外包装上写着“用中火加热三到四分钟”的字样——可究竟是三分钟呢，还是四分钟呢，又或者是三分二十八秒四二更可靠呢？面对着一次又一次让食物变得不太美味的“叮”，再好脾气的人也会按捺不住满腔的怒火。

爱情里也到处充满了惹人讨厌的“叮”。刚开始进入状态的两个人，掌控不好交往的热度，太过热恋，得担心爱情会过早被蒸干；有些平淡，则很可能促使爱情成熟所需要的起码温度都达不到。然后其中一个受不了的人，就会提出来说“还是做回朋友好”——“叮”的一声出炉，这份爱情无论如何都不会可口。

你曾说吻我的时候，如果感觉对了，就继续吻，不对的话，就拍拍我的脸，对着我微笑。

我其实是很喜欢接吻的，但是现在我又有点不太喜欢了。

因为原本可以快乐地享受那种甜美的触感，如今却得提心吊胆地不时睁眼去瞄一下你的表情。

生怕你突然伸手过来拍拍我的脸——

然后“叮”的一声，不怎么好吃的爱情就宣布加工完毕了。

打了今晚第十一个哈欠的我

东京塔

亲爱的 Z 先生：

每个城市都有至少一个地标。

伦敦有大笨钟，纽约有自由女神像，巴黎有埃菲尔铁塔，北京有天安门，就连那些毫不起眼的小城小镇，也必然会有当地居民熟悉的大型地标，通常是人民公园或者百货大楼，约别人见面的时候比较好找。

东京有什么？

都厅一座，八公像，表参道，外场摩天轮，彩虹大桥，表参道之丘，汐留大楼群……

掰着指头数一数，重要的真不少。

还有从美国借来的自由女神像的复制品，以及从法国借来的埃菲尔铁塔的拷贝品。

东京塔。

人们明明都知道它是埃菲尔铁塔的借尸还魂，但人们都从不把它当作是异国的血脉流在东京的中心。

它是我们的。健太郎曾这么跟我说过。

第一次见到东京塔，是在下雨天。铁架上的红漆，在有些发乌的天气里显得略微斑驳。我坐在出租车里，从远远地眺望，到高高地仰望，那座铁塔离我越来越近。

下车的时候有人撑伞过来接我，穿着黑色西装的青年，连伞也是黑色的。

他姓宫地。笑起来总像是雨天里的太阳。

“今天不宜参观。”他说。

然后带我走去别的地方吃拉面。

第二次见到东京塔，是个大阴天。

我已经没有信心再把我那半吊子的学业进行下去，于是坐了车从京都跑来东京闲逛。快要走到入口前的时候，有人从后面拉住我的胳膊。是个背着运动挎包的男生，脸上的青春痘正旺盛地滋长着。

我后来知道他叫清志。一心想做未来的足球明星。

“今天不宜参观。”他说。

然后带我走去别的地方吃拉面——

不是上次那一家，要更加远一点点。

第三次见到东京塔，竟然在半夜。

下榻的酒店就在神谷町邻近，我从房间的窗户望出去，能看到晚上亮灯的东京塔，只可惜因为层高的缘故，顶端的部分被挡住了一点点。

那时我心高气傲，却又偏偏被一连串的现实打击压榨得身心俱疲。

东京塔竟然让我看得心头一暖，我忙不迭地奔出房间，去敲我楼上那个房间的门。

“请跟我换房间！”我大声地向前来应门的、从香港来的一位老先生请求。

“请便。”他从愣神中反应过来，亲切地露出了微笑。

我将大床费力地挪到窗口，把窗帘全拨到一边。

那晚是东京塔陪我入眠。

第四次见到东京塔，是个大晴天。

我要离开日本去台湾省，临别前念念不忘地想探访这个钢铁大朋友。

登上 150 米高的观望台的时候，我看着巨大玻璃墙外的东京市区，微微有些心事被触动的感觉。

“你应该再往上登 100 米。”有人站在我身边说道，是个眼睛细长的高个子男孩。

“你运气很好，今天非常适合参观。”他带着我往特别展望厅的电梯走去。

那是整个东京的天顶，漂亮的阳光把地面和建筑物都晒得如同刚从洗衣机里捞出来似的新鲜。

“烦恼会走，寂寞会散，没有谁会一直守在自己的身边。但是东京塔始终都在，你需要它的时候，随时可以过来看看。它的寿命比我们都要长得多。”那个男生，若有所思地说道。

我后来再也没有去过东京。自然再也没有拜访过东京塔。但是我的电脑里存满了东京塔的照片，宫地君送我的东京塔小挂件我也一直随身携带。

每当我闷了、累了、烦了、恼了的时候，我就会看看照片玩玩挂件。

想起它曾陪我度过许多艰难的时光，便觉得有如知己爱人般贴心亲密。

而且直到我死了，它也依然还在。

只要没有哥斯拉。

每个人心中也都至少有一个地标。

东京塔是我许多年来，光是想起就觉得温柔的地标。

因为关于它的记忆，始终温暖。所以无可替代地成为我的精神依靠。

而你，则是我心中那座矗立在纽约的东京塔。

又翻出老照片来——回顾的我

仇人与亲人

亲爱的 Z 先生：

爱情这个东西呢，不管在哪个语系里写成什么样的文字，但是全世界的人都知道其实说的是同样一件事情。

然而爱情却又有很多种。

根据进度来分，第一次的爱情叫作初恋，不敢说出口的爱情叫作暗恋，打得火热的爱情叫作热恋，还没修成正果就开始喜欢别人的叫作移情别恋。

根据对象来分，男人和女人的爱情叫作异性恋，男人和男人以及女人和女人的爱情叫作同性恋，老人和小孩的爱情叫作忘年恋，一个人对另一个人有着过分旁门左道方式的爱情叫作畸形恋。人与物的爱情就不被称为爱情了，那叫作“恋物癖”，是单方面的意淫，被“恋”的对方不可能会有任何回应，因此要被划分到个人喜好的范畴里去，跟“我爱吃拉面加大蒜”、“她喜欢某个牌子的丝袜”是一个领域的战友。

是啊，当一个奇怪的大叔对着偷来的小内裤无比痴迷地说“我好喜欢你呀”的时候，没有人会因这位大叔的爱情忠贞而感动吧？

因为，你几时见过内裤笑眯眯地回答一句，“我也喜欢你呢”？

除此之外，人们最喜欢用来给爱情分门别类的衡量标准，是程度。

说的通俗点，就是两个人爱上没有？爱到什么境界了？爱了多长时间？谁爱谁更多？等等等等。

短一点的爱情，一个礼拜的时间就足以回归平淡。

长一点的爱情，谁也不能拍着胸脯说我们可以坦然面对七年之痒。

所以这个世界上既有泡面爱情，也有怀石料理爱情。

前者三分钟泡好，吃完就扔掉。后者精雕细琢，慢慢品起来也够风雅。

不过最常见的爱情，其实就是没有新意的，不算太腻，也不会太无味，最多是味精放太少，有些寡淡而已。

但是在我的观念里，我只承认两种爱情：

爱到最后成为仇人；

爱到最后成为亲人。

前者是爱得死去活来，明明就不能分别却又不得不分别，索性恨对方入骨，是爱到极致的质变形态。

后者是爱得骨血交融，从激情迸发到安于平淡，其实已经不是最初彼此目光交接就天雷地火一并爆发的形式了。但那种全世界只有在对方面前才能放松戒备心安理得大声放屁的状态始终难舍，于是成了亲人，比血浓于水的羁绊更让人感动。

我承认我常常思想很极端。

要么生，要么死，没有第三个选择，什么“生不如死”，“求生不得求死不能”的形容方式，在我这里行不通。

所以我从不看那些低级的艳情小说，如上所述的性高潮描写手法，我一贯理解不了。

爱到怒目相视，爱成柴米油盐，我都能直观地感悟出其中的爱情线索。

形色暧昧的爱。无疾而终的爱。断断续续的爱。出言反悔的爱。——我会质疑地把问号打在这些句子上面，然后反问一声“难道谁会觉得这些是爱？”。

于是，当我说了“我爱你”之后，

请不要怀疑我说这句话的真假。

我不会告诉你我爱上一个人的理由，同样也不会告诉你我不爱一个人的原因。

你需要做的，只是一个选择题，以下为你仅有的可选答案：

A：等着恨我。

B：成为我的亲人。

你会选哪一个？

顺便还要偷偷地告诉你：

恨我恨得牙痒痒的人，在这个世界上还真不少哩！

在飞机上一直被你的留言感动的我

颜 色

亲爱的 Z 先生：

你知道“颜色”是什么吗？

用比较简单一点的科学说法来解释：当可见光照射到一个物体之上，根据这个物体能反射多少可见光的波长，就能决定这个物体应该是什么“颜色”的。

一个弥散地反射所有波长的光的表面是白色的，而一个吸收所有波长的光的表面是黑色的。所以从某种意义上来说，黑色，其实不能说是一种颜色。而白色，也不能说是一种单色。

我小时候每每到学校组织体检就会显得很沮丧，因为我往往都不能从医生拿出的颜色卡上，像别的同学一样，在那些乱糟糟混在一起的色彩图案里，迅速又准确地识别出哪一块是大象的鼻子，哪一块是麋鹿的角。

医生会似笑非笑地说我是“色弱”，于是搞不清楚区别的小伙伴，就会笑闹着误传成“色盲”，在大声喧闹中让我无地自容。

现在看来，这种所谓的色彩识别鉴定，其实是不科学的，也是不客观的，因为虽然我们可以将一个颜色定义为所有这些光谱的总和，但是不同的动物所看到的颜色是不同的，不同的人所感受到的颜色也是不同的，每个人眼中的颜色，都不是完全相同、毫无偏差的。

所以，每个人眼中的世界，也应当是都不相似的。

这样一来，人与人的交际无疑变得很是有趣：

你穿着的军绿T恤，在他的眼中很可能是橄榄绿色的；我喜欢的海蓝色背包，可能在你看来是泛着江南雨季的灰青的。我们为了春天开放的各种绚烂鲜花而欣喜，但在狗狗的眼中，却只有黑白的一片天地。

没有谁比谁的世界更鲜亮，颜色这种东西，本来就是主观的产物。

在爱情的世界里，人人都是色盲：

接受爱情，吸收爱情波长的人，是黑色的；

付出爱情，发射爱情波长的人，是白色的。

在爱一个人的同时，也在享受着被爱的快乐，这样的人，是灰色的。

那些整天轻浮散漫、对待爱情三心二意的人，他们的表面看起来光鲜亮丽，他们的内心似乎也是五彩斑斓的，但是他们并不被爱情世界所欢迎，因为他们发射的爱情波长太混乱，而他们所希望看到的颜色，又并不总是专一。

所以我才希望能成为爱情世界里的头号色盲，无论现阶段的我是黑是白，我的最终目标都是能成为灰色。

灰色的我，在你眼中，是否依然生动?

正低头打量自己灰色裤子的我

神秘的地方

亲爱的Z先生：

五岁的时候，有人问我最神秘的地方是哪里？

我回答说，上海。

想象中的高楼大厦与汽车鸣啦，看不到边际的人潮汹涌和吃不完的街头贩卖的棉花糖。

对于年幼的、没有去过大城市的我而言，无疑是很神秘的。

后来我到过了上海。

站在外地口音声音明显盖过上海本地方言的人民广场。我哈欠连连。

十五岁的时候，有人问我最神秘的地方是哪里？

我回答说，西藏。

旅游杂志上铺天盖地的蓝天照片，恣意奔跑的羚羊和虔诚叩首的信徒，白云下飘扬着无垢的哈达。

我没办法不被这种与黑板上写满方程式和ABC截然不同的画面感动。

后来我去了西藏。

在被布达拉宫山脚下的那群贩售廉价纪念品的藏民团团包围住的刹那，我困意连连。

二十岁的时候，有人问我最神秘的地方是哪里?

我回答说，北海道。

轮番轰炸电视荧屏的浪漫言情剧，总少不了要有男女主角在北海道的海边冒着大雪拥吻。

我不明白为何有人可以在说了将近半个小时的台词之后，还能继续不怕被冻死地再吻上半个小时。

后来有人真的带我去了北海道。

兴致勃勃地打算第二天去滑雪，但是在十一月底的天气里，我们足足在旅馆等了一个礼拜也没看到雪。

二十五岁的时候，有人问我最神秘的地方是哪里?

我回答说，某个明星的私人豪宅。

八卦报纸上盛传的豪奢装潢以及举止优雅的上流社会宾客名单，总有着现实版童话一样的完美氛围。

我对于那种太过美好到有些不真实的事物总是心生向往。

后来有人真的向我引荐了那位明星。

当我满心欢喜地前去参加派对，却听到主卧室里传出一波波似痛苦又似愉悦的多人呻吟声时，我立刻尴尬地拔腿就跑。

没有去过自然就没有知情的资本。

人生中所有的“最神秘”往往无关目的地的实际风光与未知

危机，我们只会被我们的无知所蒙蔽，神秘的，永远是我们所知范畴以外的地方。一旦从无知变为知时，有些事物的魅力似乎就不再那么令人难以抗拒了。

如今也还是有人会问我，我觉得最神秘的地方是哪里？

我会回答，纽约的某个人的心房。

那里面装载着的人情世故，我无知。

那里面充盈着的炽爱热恋，我有识。

我固然憧憬。也必然向往。

可是我终其一生的探索，也仍不会对那里产生丝毫的怀疑与厌倦，因为古道西风瘦马恋的是故国风景，亚瑟王总要回到那个妖精们的理想乡。

改剧本改到头昏脑涨于是很想打游戏的我

新年祈福

亲爱的 Z 先生：

1873 年之后，日本人开始使用格里历，1 月 1 日就是他们的新年。

我在日本度过的第一个新年，是在京都。

虽然清贫简单，却打从心底温暖。

当时我寄宿在一户姓杉本的人家里。主人是开杂货店的母亲和在服饰店打工的儿子。这家人似乎从来不提父亲这个人，我已是寄人篱下的身份，当然也不好意思过问别人的家务事。

儿子名叫鹰之助，染着金黄色的短发，右耳有三颗耳钉，不太爱说话，见到我只是略略一欠身，微微点下头，然后就有些闷闷地回自己房间，听很吵的摇滚歌曲。

我很少有机会正面端详他的脸，只依稀记得他的长相并不特别，淡眉淡眼，看了容易忘。可是我却很清晰地记得，他爱穿一件黑黄拼接的棒球衫，袖边有些磨损，背后是一只巨大的美利坚飞鹰。他总是一见我就转身走开，我看得最多的，自然就是他的背影。

1月2日的凌晨，我被一阵窸窣声惊醒。

铺盖旁榻榻米上摆着的闹钟，时针和分针走在一点四十三分的立场上。

我对面的墙壁前蹲着一个人，见我惺忪地从被窝里坐起来，顿时动作僵硬了，反倒像是被我吓到了的样子。花了好几分钟时间，我才渐渐习惯房间里的黑暗环境，窗外路灯的光有些孱弱，但也勉强能照出人模糊的面目。

那人是鹰之助，依旧是没有特色的淡眉淡眼，衣服背后的飞鹰仍旧喧宾夺主。

在他的脚边堆满了像小山一样的东西，手上还抓着什么，我闻到了明显的气味，是作画的颜料。他似乎有些尴尬得不知如何应付这种突发状况，一切都像是与他的剧本并不配套。

“你在做什么呢？”我忍住突然喷薄欲出的笑意，觉得他现在这个有些蠢的样子，可爱得可笑。

他嗫嚅了一会儿，最终还是不打算解说，而是从裤子口袋里摸出了打火机，“嚓”地一声，微小的火苗赢得了比路灯偏光更主动的光线支配权。

他的脚边，堆着在这个时间段看起来很滑稽的茄子。他身边的墙壁上，被他画了画，还没最终画完，但看得出是富士山。

“一富士山二鹰三茄子，我们相信在新年第一天的晚上做的梦里出现这三个事物中的任何一个的话，未来的一年都会吉祥顺利。”他的声音在打火机的火苗黯淡下去的瞬间响起。

茄子在这里，富士山快画完了，鹰就是我自己。他在黑暗的房间里指了指自己，然后站起来轻微地跺了跺可能有些发麻的双脚。

“即便你梦不到，你睁开眼也都能看得到。”他继续不紧不慢地说，难懂的京都腔也被他刻意掰得很直很平滑。“所以，你未来的一年，一定会很吉利！”

到现在我也还是很重视 1 月 1 日晚上的“初梦”。

如果能梦到一富士山二鹰三茄子，我会为之接连振奋好多天。

可是回国待久了，小笼包、大油条、饺子、馅饼、豆浆、稀饭都能轮流梦个遍，我却再难跟富士山、鹰、茄子扯上关系。

这多少都令我有些丧气。

不过今天晚上，我已经准备好了所有为你祈福的素材：

在窗前放一把折扇，手指间夹一根烟草，我会在你进入梦乡的那一刻，闭起双眼，轻轻唱起江南的小调。

只因那吉利的事物并不仅仅只有三个，后面的半句谚语也同样重要：四扇五多波姑六座头。

亲爱的，关灯前先想想东方的我，你的新一年也必将平安吉利。

在按摩床上度过跨年的我

贩售青春

亲爱的Z先生：

由于我工作性质的缘故，我常常需要教别人怎么去保养。

干性肌肤的，就告诉她们要多补水。

油性肌肤的，就告诉她们清洁很重要。

成熟肌肤的，就告诉她们需要补充胶原蛋白和对抗自由基。

敏感肌肤的，就告诉她们尽量选择成分天然的护肤品。

如果有熟悉的朋友向我咨询该如何拯救他问题多多的脸庞，我就会很热心地帮他分析情况，最后还列出一张清单给他，让他逐一去采购上面标明的各个品牌里，最适合他用的东西。

我曾经被邀请去参加一个以美丽为主题的电视节目。

主持人始终用煽情的语气，告诉电视机前的观众，要珍惜自己的青春。

因为青春无价。

不不不。我连忙纠正这位主持人的观点。

一张面膜二十块，一瓶面霜八百块，一次电波拉皮几千块，一回全身抗老化保养护理的价格按实际使用精华液的量来计算。

青春当然有价，并且按需出售，按量出售，按质出售，你花得起越多钱，你所能买到的青春通常也就越多。

聪明的现代人，早就把青春封存，贮藏在无数的瓶瓶罐罐里，贴上标签，摆在商场的柜台里等人选购。

听起来是多么悲哀的事实。

当青春也能按克称重、以毫升为单位标价出售，下一个曾被认为同样无法估价，但很有可能也会被贪婪的商人，想办法用来赚钱的商品，会不会是爱情？

或许在未来的某一天，我们的爱情也真的被摆上了超级市场的货架，我的被丢在冷冻食品区，一袋二十八。你的被放在进口烟酒区，一瓶四千六。

谁来买我？

谁想买你？

哦，亲爱的，我此刻只想知道，我们的条形码都会是怎样的呢？

睡前想去读一本童话书的我

作茧自缚

亲爱的 Z 先生：

汉语里有个成语，叫作作茧自缚。

唐朝的白居易有首诗叫《江州赴忠州至江陵已来舟中示舍弟五十韵》，里面写道，“烛蛾谁救护，蚕茧自缠萦”。宋朝的陆游有首诗叫《剑南诗稿 · 书叹》，里面写道，“人生如春蚕，作茧自缠裹”。文人大多都是说话懂得委婉表意的，尤其是一辈子个性都很别扭的古代文人，他们很少会指着别人的鼻子骂脏话，实在憋不住这种暴躁的情绪了，也会附庸风雅地改用“诚彼娘之非悦”来代替。就算是“我 × 你家祖宗十八代”这种通俗易懂的国民性骂句，他们同样有办法改以“吾日贵府先贤双九辈”这样的说法，略表心中愤怒。

所以，作茧自缚这个成语，通常不被认为是用来夸别人的。

可是我却尤其喜欢它。

有时甚至觉得这种状态很是绝妙。

我混时装界混了很久。

时常会被许多设计师的固执和坚持所感动。明明是不需要花那么大力气去剪裁出来的线条，他们非得一次次试着缝上多余的布料，或者扯下应有的纽扣。根本不具备保暖特性，行动起来也很麻烦的细节装饰，但就是有人不听劝地要费尽心机地做出来。实际的视觉效果是很精彩的，于是也就没有多少人会真的去计较到底哪一块布，原本应当是不被需要的。

时装界的作茧自缚，在我看来，满是浪漫。

我混娱乐圈混了很久。

见惯大小演员、新老歌手在镁光灯前清一色的不食人间烟火般完美，似乎连厕所都不需要上。没有人在看着他们在荧幕上要帅、卖纯、装可爱的时候，会因为他们的一个妩媚眼神、一句清凉歌声，而联想到他们上大号、抠脚趾、换内裤的样子的。人人都在做自己，明星都在做别人。他们活出来的样子，是他们想象中的自己，也是别人所希望看到的自己。即便被这种不是真正的自己的“自己”，捆绑住了手脚，他们也乐于享受这虐待般的禁锢。

娱乐圈的作茧自缚，在我看来，饶有趣味。

我混社会混了很久。

没有心机地去对待别人，有时招来的回报往往是很傻很天真的一通挖苦嘲讽。

日子久了，也就学会了用不是自己皮肤和不是自己外衣的伪装，去保护自己不被人情世故里四处埋伏的地雷给炸死。那虚伪做作的表情和口不对心的谎言，其实已经严重地束缚了那个最纯真的自己。人人皆如此，走在大街上，见谁都是披着一眼看不透的迷彩防弹衣。

处社会的作茧自缚，那茧，其实是每个人给自己造的保护壳。

现在我们来谈谈爱情。

我有时也想要造一个茧，为了想去迎合爱人的口味。

我有时又觉得被茧挡住了，两个人的关系就不会真的太靠近。

我有时还是觉得有个茧比较好，至少在爱情中不会轻易被抓伤。

我有时发现茧真是多余，要爱就去爱最丑态毕露的彼此才更长久。

于是我就这么不停地造茧、破茧、再造茧、再破茧……

在爱情的领域里，我始终没能修成正果，羽化成蝶。

所以啊，如果当你有一天，发现我又开始在偷偷给自己造茧了。

请不要介意，也请不要无视。

这只是我为了想让这份感情维持得更久，而做出的未必理智的决定罢了。

我确实希望，你能在那个时候走到我手边，一把将我的茧撕破。

然后拍拍我的脸，说一句：

何必一定要化蝶？做条毛毛虫，其实也很不赖。

再有四个小时又该去机场的我

拥 抱

亲爱的 Z 先生：

在所有人类能表达情感的肢体语言中，我最喜欢的是，拥抱。

拥抱可以代表的含义有很多：

好久不见的朋友，激动地将对方搂在怀里，是友情的拥抱。

遇到心里受伤但不知道怎么安慰才好的人，无言地将他抱在臂弯中，是安慰的拥抱。

接受了别人的馈赠或帮助，内心充满温暖与平和，只能用力地抱住代替万语千言，是感激的拥抱。

喜欢一个人喜欢到了极点，连嘴里说出来的语言也不能完全表达自己的全部情感，索性紧紧地将他搂住不撒手，是爱恋的拥抱。

当然也会有憎恶的拥抱，把几乎想要撕碎的某人抱住，在外人看来根本就是如亲密友人般恋恋不舍，不时还要拍拍对方的后背，面带微笑地似是宽慰般贴在耳边说着体己的知心话。

话里的内容，通常都是："你这王八羔子给老子记着，总有一天是要给你好看的！"

我喜欢拥抱的原因很简单。不需要浪费脑细胞去编织表示好感的词语，实际的肢体接触是靠体温和力道来传递的无言话语。

我有时很懒，觉得说太多话很麻烦。于是抱一抱，对方自然明了我的想法，或者用力回报，或者敷衍推开，都是相应的回答。

我记不清我一生中到底有过多少次拥抱，那种短暂的安全感，总能把一个世纪的心慌意乱，浓缩成几秒钟、几分钟之内的无所畏惧，是用来逃避现实的自我麻痹形式，比 K 粉更健康，比酒精更环保。

我遇到的人，大多都很友好，我抱他们的时候很心安理得，他们抱我的时候很热情洋溢。只有过五个人，他们是例外，总在格外坚决地拒绝拥抱，哪怕是衣角触碰，他们也会无比惊慌。

一个说，我有极其强烈的拥抱恐惧症。

一个说，我妈妈说拥抱了男人会让我怀孕。

一个说，拥抱对我来说不代表什么，我不做毫无意义的事情。

一个说，一旦我拥抱了你，我就永远也不想松开，你会饿死在我怀里。

一个说，还没有拥抱，我就爱上你了；如果拥抱了，我会不知道如何是好。

尽管如此，我依然会将拥抱当作我表示好感最重要的一种社交形式。

而且我总会觉得，男人跟男人的拥抱更美好，因为相比起男人拥抱女人，或是女人拥抱女人，他们心脏的距离会靠得更近一些。

这么算起来的话，如果是波霸跟波霸拥抱，她们一定不会感受到彼此的真心，甚至还会因为隔阂感太严重，而导致口角和纷争不断吧?

最近我拥抱的最多的，是一个叫作 KUMA 酱的小熊玩偶。

虽然是小熊，但它的个头实在不小，立起来有半个现在的我那么高，比明治时代大多数的日本男人都还要高出一点点。

我常常抱它，在每一个我想念你的时刻。

我打算在某个合适的时候，把 KUMA 酱送给你，让你可以因此获得我积攒了很久的、关于思念的拥抱。

谁说思念不可以被储蓄，也许投资少回报小，但它总是被真切地保存着的，开户行不是花旗，而往往是某些古怪的玩物。

存款方式是频繁密集地去拥抱，若你想知道这思念的利息有多少，请到时去查看 KUMA 酱掉了多少毛。

在你入睡时打算去偷偷大吃一顿的我

电影散场

亲爱的Z先生：

电影院灯光重新亮起的那一刻，我承认我是有些落寞的。

欢笑声，抽泣声，拍掌声，倒彩声，亲吻声，甚至连让人心烦意乱的吃零食的声音，以及总让人火冒三丈的电话铃声和短信通知声，也都在那一个瞬间，化作一股洪流，汹涌地从出口翻了出去。留在我身边四周的，全是甜得发腻的爆米花香气，以及各种看不真切却凌乱散落在地面上的垃圾。

如同一个人死掉了一样，属于他的电影，结束了，散场。之后人们只会讨论电影好不好看，那些垃圾，就如同散落在墓碑前的落叶一样，没有人会关心到底是谁会去打扫。

所以每场电影结束后，我都会习惯性地在电影院里多待上一会。

等到连工作人员也忍不住劝我离场，我才会在昏暗得惹人瞌睡的灯光里，踩着有些发飘的步子，慢慢踱出去。

总有人会奇怪地问我这么做的原因是什么，我就会有些哀伤地回答他，我在送葬。

每部电影都是个梦想，好片是美好的梦想，烂片至少也是噩梦惊魂，倘若是莫名其妙到让人不晓得为什么要拍出来的片子，好歹也包含着制片方打算骗钱捞一把的梦想。

电影的完结，便是梦想的终止，不是每部影片都有机会在日后一再重播，在 HBO 电视网和 CCTV-6 频道上继续重复着那心照不宣的梦想的。对大多数影片来说，它们播完了，就结束了，是平凡生命的终结。

无论它们播映中途如何的遭人欢喜或惹人厌烦，它们死后都落得一样的待遇——灯光调亮，音乐淡出，看客离场，无人悲伤。

我不喜欢看到任何凄凉的光景，所以我才会认真地为每一部电影送葬。

就像是在审视我自己的人生过场。

假如你是一部电影，我也愿意在你播放结束后，静静坐在电影院里多待一会儿。

谢谢你带给我的快乐，不需要爆米花的挽留，我也甘心最后一个离场。

假如我是一部电影：

谁曾在中途昏昏欲睡？

谁曾在三心二意时哭到心凉？

谁又能看懂我的真意？

谁又会在回去之后迫不及待地上网发表感想？

谁只顾着收发短信？

谁只晓得调情勾搭，思想荒唐？
谁会为了打发时间？
谁会为我送葬？

看到上海街头在飘雪的我

七龙珠

亲爱的Z先生：

你一定知道七龙珠的故事。

收集齐七颗龙珠，然后默默念动咒语，“轰”的一声，天昏地暗。

然后你只要对着被召唤来的神龙，许下你的愿望，再怎么不可能的梦想，就会轻而易举地被实现了！

做世界首富也好，让死人复活也好，成为联合国国王也好，被所有人爱慕也好，

都可以实现！

我十岁的时候第一次看到这套漫画，然后在十一岁的时候开始决定寻找龙珠。

我去世界上任何一个角落的时候，都不忘要去找找看，有没有真的龙珠存在着。

很多当时的同龄人，也都做过类似的事情。

现在他们中的一些人，懂得用权力去实现愿望。

还有一些人，知道依赖别人来实现自己的愿望。

再有一些人，不惜一切代价地企图去接近愿望。

最后一些人，似乎已经完全放弃了要追求愿望。

他们对待愿望的方式都不同，唯一的相同点便是，他们都不再相信七龙珠的故事了。

我至今仍然不放弃在寻找七龙珠，如果真的被我收集到，我会愿意把仅有一次的许愿机会先让给你，因为我确实很想听到，你的愿望会是什么。

然后我会接着再去收集一次七龙珠。

将我十一岁那年开始就一直埋藏在心中，至今没有任何改变过的愿望，有些难为情地悄声说出来。

我的愿望其实很简单：

“嗨！神龙先生，请你自由。”

觉得神龙先生一直都很寂寞的我

最浪漫的动物

亲爱的 Z 先生：

我在主持电台节目的那几年，最常跟打热线电话进来的听众聊的一个话题是：

你最想变成什么动物？

答案可谓千奇百怪。

有人想成为狮子，威风凛凛的兽中之王，可以一扫平日里被老板欺压的怨气。

有人想成为兔子，温顺地吃着草，用可爱的外表去取代现在不怎么样的人类皮囊。

有人想成为飞鸟，自由自在地飞行在空中，还省了国内航班的机票钱。

还有些答案过分荒谬，有说要当麒麟的，有说要做饕餮的，有说要化作五爪金龙的，有说自己上辈子绝对是躲在山洞里修仙的雪白灵蛇的——我通常很和善地敷衍他们几句，然后把电话挂掉，改放最新的流行歌曲来舒缓心情。

问人问多了就难免被问，终于有一天有个想成为雪山飞狐的听众反问我，那主持人你想变成什么动物呢？

我几乎没有过多地去思考这个问题，“海豚。”

我嘻嘻地笑道。

海豚在我看来，是这个世界上最浪漫的动物。

除了人类以外，在自然界中，只有它们才会在非发情期与同族发生性行为，目的不是为了繁殖后代，而是单纯地取悦对方。

它们的大脑有两个半球，完全隔绝开来而没有太多的联系，所以它们可以让左右半球轮流思考，轮流休息，终生都无须睡眠。

——光是这两点就足以让人感动了。

在漫无边际的淼淼海洋里，南来的海豚与北往的海豚相遇了。于是它们不知疲倦地相爱、做爱、谈情说爱，没有激情过后的一点点倦意，更不需要面对一夜情昏睡后醒来面面相觑的尴尬，人类每天只能爱他人区区几个小时，海豚却有着每天 24 小时的时间持续恋爱。

真是再浪漫不过的状态了！

变成菲尼克斯难免要忍受不死的孤独。

变成海豚倒能不眠不休地长期恋爱——

我需要这种奇巧的生理构造，因为我可以更加长久地去爱你，无惧时差。

全年无休，绝不打烊，敬业度赶超 7-11。

翻出七年前的电台录音在听的我

左脑右脑

亲爱的 Z 先生：

人类的大脑很不可思议。

一般左脑具有语言、概念、数字、分析、逻辑推理等功能，理解数学和语言的脑细胞集中在左脑。右脑具有音乐、绘画、空间几何、想象、综合等功能。右脑发达的人在知觉和想象力方面有可能更强一些；而且知觉、空间感和把握全局的能力都有可能更强一些。

据说人类的大脑拥有比我们想象中还要厉害得多的潜力，我们究其一生所学习到的东西，其实也不过才填充了整个大脑利用率的 10%，只是因为我们肌体的精力实在太过有限，等不到大脑觉得满足，身体就已经先感到累了，所以我们才说“学无止境”——这句话正确的理解应该是：

学无止境，是因为你的肉体很容易就到头了。

以此作为依据的话，擅长逻辑思维，并且对于投资、并购等经济领域的事情很是精通的你，显然是左脑发达的人。

而整天喜欢胡思乱想，总是唱着歌、走着路、爱着人，对于世间万物充满好奇的我，似乎右脑要强上那么一点点。

你的肉体精力有限，限制了你更多地去开发你的右脑。

我的清醒时间太少，也让我没什么机会再去挖掘左脑的潜能。

所以我们都有不足，缺少彼此纵情得意的另一半世界。

这倒也没什么不好。

如今你成了我的左脑，我做了你的右脑，当我们手牵手一起思考，世界就赫然完整了。

倘若有一天我们死去，有科学家打算拿我们的大脑做研究，他必然也会感到惊讶吧——

看似不相干的两个生物个体，我的右脑里想着你，你的左脑里惦着我，爱情就是连通我们的神经元。

准备周末去滑雪的我

下 雪

亲爱的 Z 先生：

下雪了。

昨天晚上就着路灯所看到的最后一眼园区的景色，与今天早上和着日光所见到的第一眼，是截然不同的两种面貌。

就像是大多数男人的嘴脸一样：

做爱前的百般温柔甜蜜，或者恰好对上对方胃口的霸道性感，仿佛是全世界最充满魅力的偶像。

高潮后就突然换了副表情，话不投机半句多，于是索性抽根烟，喝口酒，手机一响赶忙去看，然后多的是借口乘机离开。

所以我才会在那些专门写给天真小女生们看的两性专栏里，告诉她们，想要最快去辨别一个刚结识的男人有多喜欢自己，不是用各种零碎细节去拼凑起他的爱情含金量——

而是直接给他一盘色情录影带和一盒抽取面巾纸，过一个小时候再打电话给他，听他的语气和口吻是不是还如同平时一样令人着迷。

比含金量更直观和准确的是，这个男人的含精量。

有杂志采访我，问我说，如何描述“成长”？

二十年前，每到下雪的时候，我就会特别兴奋。

欢天喜地的叫着，孩童的高频音量总是吵得一屋子人心烦意乱。

然后也等不及父母的许可，便不管是白天还是黑夜，总会瞅准一个时机悄悄溜出去，在铺天盖地的雪里奔跑、尖叫、翻滚。

纵然最后难免要被揪着冻红的耳朵拽回去训斥，那心情却总是很欢快。

二十年后，每当下雪的时候，我依旧是心情愉悦的——但只限于那一年的第一场雪。

我会站在设有暖气的房间里，隔着窗户张望外面白茫茫的一片，用憧憬的语气对着依旧轻飘飘地撒落的雪花说一句，好美啊。

然后我就会缩回沙发里，把一张毫无营养的影碟放着当背景音效，偶尔接到因为天气缘故而被迫取消航班的朋友打来的抱怨电话，在他“不如我们出去喝一杯吧”的建议里，用无比惊恐的语气回他一声“这样的天气里？你疯了吗！”。

是的。

这就是“成长”。

有时“成长”并不太讨人喜欢，但我倒不介意。

因为啊，在下雪的时候，倘若所有人都是一样的心态和思想，只有我俩被拽回了二十年前的时光，这个窗户外的世界，就只有我俩在毫无节制地欣赏，彼此拽着对方被冻红的耳朵，说一声，不准太顽皮哦。不需要花上一千美金，全世界都是我们的总统套房。

眼看着别人在不断地成长，
强迫着自己倒退记忆时光的我，
此刻居然开始有了一点小小的庆幸呢。

打算去给自己买一双新手套的我

同床不过夜

亲爱的 Z 先生：

我曾有一个要好的女性朋友，她死也不肯跟男生过夜。

她很漂亮，也很有灵性，很讨男生喜欢，她不像浪荡女那样高调地在感情世界里狩猎，但默默地却也在不断更换着身边的男人。

她会很乐意接受男生们的约会邀请，要么去看电影，要么去高级餐厅，要么在夜店里喝得很 High，然后不动声色地在下一次出去的时候，跟在夜店里找她搭讪的别的男生约会。

倘若对方的条件很好，一切都很让她满意，她也会欣然将对方的欲望看在眼里，找个时间，去对方家里，或者让对方来自己家里，或者干脆就在外面开了房，很享受过程地去做爱。

即使如此，她也绝对不跟对方过夜。哪怕耽搁到再晚，她也会匆匆洗漱完毕，穿回衣服，找个借口，从对方身边逃离。

我问过她为什么，明明某一个让她全程都很愉悦的男人，是她最容易心动的类型。

她就会有些无奈地耸耸肩，轻声对我说：

你能想象早上双方睁眼看对方时的尴尬吗？

刚睡醒的时候，其实是很可怕的：

头发乱糟糟，眼袋两倍大，气色不好，有起床气，嘴角可能会有口水，眼角大概还有眼屎，睡觉时倘若不太优雅地打过呼噜、仰过八叉，再怎么在平时精心雕琢外表，在这一时刻都会倾然崩溃成让人眉头紧皱的视觉残渣。

白雪公主也好，白马王子也好，他们的美好故事，总是敌不过起床时喷薄而出的口气，来得杀伤力巨大。

所以我曾经怀疑过，吻醒睡美人的那位王子，他是不是患有严重的嗅觉失灵。

那么多年积累下来的口气，一开腔不熏倒几头野猪就已经是万幸了。

看来想要跟一个陌生人，甚至是已经对彼此有了一定认知的人，同睡过夜，是一件极其考验勇气的事情。

那位女朋友的观点很是坚决，也多多少少影响了我的思维逻辑。

跟你过夜，意味着我打算把最毫无防备的自己，暴露给你知道。还要在清晨睁眼起床的时刻，邋遢地跟你说“早安”，然后等着在你的回应态度中，把尴尬的气氛慢慢消磨掉。

那位女朋友一再跟我声明：做爱也许代表的是“我喜欢你”，但是过夜却只适合在表现“我爱你”的前提下去进行——换言之，不要让自己暴露得太过彻底，做女神也好，做荡妇也好，都好过于做一个无法躲藏的黄脸婆。

看着她游刃有余地在不同的优质男人间周旋穿梭，我几乎要为她的爱情观好好地鼓一通掌了。

几年后，我再见到这位女朋友的时候，她已经嫁做人妇。

对方并不出色，普通的公务员，条件比她以前交往过的任何一个都显得逊色。

我赶紧将她的爱情观翻出来，与她现在截然不同的生活状态一一比照。

她甚至连听都懒得听，就那么敷衍仓促地将她当年的论点全推翻：

我故作完美的时候，这个男人连理都懒得理我；有一次我喝醉被他背回家照顾，他却在第二天我醒来的时候对我说，没有矜持的我很可爱——这样的男人，我干吗不嫁？！

中国人老爱说些太过煽情的话，比如什么十年修得同船渡，百年修得共枕眠。

花上一百年时间，才能修到与你相拥而眠的机会，若真是用心珍惜的人，又怎会在意起床那一刻的面目全非？

还好我床头上备有薄荷糖。

爱吃可思甜乐原味蛋糕的我

冰 箱

亲爱的Z先生：

跟很多人一样，我有些过于依赖冰箱。

买回的雪糕，吃不完的剩菜，以为一定要低温保存的各种蔬果，快到期了但觉得放在冷藏室一定可以多放几天的罐头，以及各种林林总总的调料、蘸酱、家乡年货、保湿面膜……我都会随手塞进冰箱里，然后无论更换过多少次型号、款式，总会有一天又开始抱怨说这个新冰箱空间太小很不够用。

正是如此，我每天都在从冰箱里往外拿东西，但冰箱依然越来越满，然后终于发展到冰箱里每一天都会有一样东西过了保质期，腐坏——当无数奇怪的味道会随着拉开冰箱门的一刹那往外翻滚时，冰箱里的空间对我而言，已经是一个我无法理解的异次元世界了。

但我还是离不开冰箱。

要么冰冰无糖可乐，要么存存速冻水饺，或者是别人好意送来我却不想尝试的自制点心，以及明明觉得油腻但又不想浪费，于是打包带回来的餐厅菜色，还有很多我礼貌地接下，但终生都不太可能会去体会的怪奇事物——

我都会塞进冰箱里，该吃该喝的，短时间里消化掉；无心品味的，名义上是延长保鲜，实际上是打算让自己淡忘，任其无奈地腐坏。

据说有些人的冰箱，存放着的东西很不一样。

川久保玲的冰箱里只有两种不同牌子的矿泉水，以及一瓶固定牌子的清酒。

约翰 · 加利亚诺的冰箱里塞满了压缩 T 恤，因为他偏爱把冰凉 T 恤套上身那一瞬间对乳头的爽快刺激。

海尔姆特 · 朗的冰箱里除了猫粮什么都没有，可是他很多年没有再养猫，究竟喂给谁吃就实在让人疑惑。

卡尔 · 拉格斐的冰箱里存着大量的食物，但他把性感男模的照片贴在柜门上，提醒自己时尚不允许胖子横行。

汤姆 · 福特的冰箱里总少不了上等的红酒，其实他自己很少喝，只是看着就觉得很愉快。

香奈尔夫人的冰箱里始终摆着一瓶香水，金黄色的瓶身，正是她最爱的香奈儿 5 号。

有人把梦想存进冰箱里，是为了给自己争取到更充足的奋斗时间。

有人把寂寞存进冰箱里，是为了深夜梦醒给自己倒水时还能有些别的东西可以回味。

有人把贪婪存进冰箱里，是为了用暴饮暴食来填塞欲望的不满。

我有时也会把爱情塞到冰箱里，想看看到底这所谓的热情，在遭遇了冰冷之后，会不会还能继续温柔地缠绵下去——

只可惜结果往往都不乐观。

突如其来的热恋，经常都是一冷到底，还不等我将它取出来放进微波炉加热，它就已经先行从我的记忆里自动淡忘，

与去年我从鼎泰丰打包回来的蟹粉小笼一起躲在某个角落里，腐坏成我根本无从掌握其形态的可怕物体。

如今，我却并不想把我们的爱情，也塞进冰箱里。

一来是我觉得这温度刚好，不需要多事地去降温；

二来是我也想亲眼看看，你的冰箱里，又存放着怎样的人情百态？

被一场夜雨淋得有些发霉的我

让镜子消失

亲爱的 Z 先生：

下节目前，我被应邀前来接受访问的嘉宾问了一个问题：

如果让你选择永久性毁灭一样东西，来让这个世界变得更有趣，你会选择什么？

我先是被他突如其来的古怪想法给问得愣了一下，接着我就眨了眨眼，答复他：

也许是，镜子吧。

相比起其他生活必需品而言，镜子大约是人类最彰显自我的道具：

房子取代洞穴，提供容身之所；衣服取代毛皮，提供御寒之物；汽车取代四足，提供出行便利——只有镜子是不同的，它只是容许人们用来检查自己好不好看而已。

然而，好不好看并不是生活必需。

倘若这个世界没有了镜子，女人不能自己画眼线，男人不能自己系领带，什么包配什么鞋子才出众，什么西装配什么手表才得体，通通无从得知。

于是只好求助于别人，却又是都拿别人的审美来打扮自己，出来的样子全然不再是真正的自己，有一种不痛快的憋屈感。

不过这确实能很有效地治疗普遍泛滥的个人主义自大症，凡事多问问别人，让自己的形象通过多人的口述而得到最终定位，在没有镜子的时代里，人类也许能学会多听少说，谨言慎行。

还有一个好处便是，对于看多了恐怖片的人而言，这个世界或许会因此少了很多鬼也说不定。

对我而言，镜子更多的是作为一种爱情伪装，在人与人的交流过程中，起着相当重要的作用。

获悉了对方的喜好，然后对着镜子精心打扮自己，连笑容的深浅和眼神的电力都算计好后，一次次地锻炼出来。这样的爱情，分明是凭借伪装而获得的实际战果。等到瓜熟蒂落，爱情进入稳定期，裙子不再仔细挑选款式，粉底不再盘算好层次感与明亮度，胡子爱刮不刮，表情恢复正常，不耐烦地冲对方发牢骚，优雅气质被居家慵懒全充填，镜子虽然无辜，却也间接促使爱情渐渐满是叹气与抱怨。

这个世界原本不管少了什么都能照样存在，只是很少有人会想到少了镜子，将会带来怎样棘手的麻烦。

我偏偏希望镜子能真的消失——

某一个阳光明媚的下午，我和你在街角的咖啡店遇到。

你不修边幅，我邋邋遢遢，彼此擦身而过却又转身走回来打招呼：

先生你好，要不要一起喝点东西？

倘若没有镜子也能互相爱上，那大约就是真爱。

偶尔半夜会想吃麦当劳的我

泡进浴缸里

亲爱的Z先生:

当我忙了一整天，感觉很疲倦的时候，我就会给浴缸放满一整缸热水，撒什么到水里不重要，别府温泉的矿物包，很少女的泡泡珠，带点甜香味的橙精油，本分又实在的皂质粉，等等等等。

不管水的颜色是混浊还是清澈，总之先迫不及待地跳进去，然后闭上眼睛，等着比体温高得多的水温，渐渐包容了全身，肌肤的每个毛孔都像是瞬间张开。

当然，我最喜欢的味道，是掺着三分开樱花的天竺葵。

有时我会在旁边放着音乐，有时则不会，这个时刻，我毫无防备。

浴缸的容积通常不会很大，一个成年人往往没办法泡在里面完全地舒展开手脚，

能同时容纳两个人的，应该改叫浴池而不是浴缸。

它私密，独享，拘束但是又让人心情坦荡，我们平静地泡在里面，明明不自在但又充满安全感，据说那种被热水包容着的、蜷缩着并且安静地栖息着的感觉，是母亲的子宫，留在我们深层

意识里的挂念。

我约么是很贪恋那种隐隐有些熟悉的感觉的，形似但不雷同，是细节粗劣的模仿版——

可这也没什么关系，毕竟记忆里的子宫，早就在出生的一刹那，模糊成了啼哭声中的浮想碎片，有得相似，总好过牛头不对马嘴，哲学家总劝告人们说，人生中有些地方，一旦错过就再也回不去了。

子宫正是如此。

所以我才会特意找一个时间，放好热水，调好灯光，把最近一段时间困扰着我很久的烦心事，一股脑儿地全回想一遍，然后把整个人都潜进热水里，连鼻子也都埋进去，感觉像是回到了最初生活的那个空间里，把烦恼统统都忘记。

可我有时候还是会在热水里，禁不住要哭出来，让液体在液体里与别的液体里接触，这样似乎就显得没那么伤心了，因为分不清哪些是眼泪而安慰自己说并不悲伤，是借助于模拟子宫的，一种任性的撒娇方式。

有专家说，胎儿在母体内还不具备感情意识，无所谓哭，也无所谓笑，原来我们在变成现在这般多愁善感、思想复杂之前，都曾是一个个无情冷漠的生命体啊！

我偏偏要在浴缸里，平淡地去想念你。

在那里我脆弱并且坦荡，不适合分析商场战略，倒适合思恋让我觉得温暖的爱人。

就好像是，在亲人的关爱中，去享受爱人的呵护一样，是一种美妙的幸福。

倘若每个人的潜意识里依旧还残留有在母体内的记忆，那么我母亲的子宫大约就是带有，掺着三分开樱花的天竺葵这般的气息的。

你呢？

你还记得起你生命里的第一个单身公寓是什么样子的吗？

快要准备回家乡过春节的我

不拆的礼物

亲爱的Z先生：

每到节日或者生日的时候，我就会收到很多礼物。

大多数的礼物，我都会迫不及待地在第一时间拆开——而且是极其暴力，像性饥渴的男人在扒女人衣服那样，把漂亮的包装纸撕得无比凌乱。

每到这个时候，我就开始格外地怜悯，那些为了与自己无比倾慕的男人约会，而兴高采烈地穿上了衣柜里最华美的衣服的女人们。因为无论她们怎么努力，怎么矜持，怎么自欺欺人，最后被粗暴地扯开扣子、拽出布料哀鸣并被随意地扔在地板上的，不是香奈儿和迪奥，而只是她们自以为可以一直保存的自尊。

我拆礼物后的反应通常很有礼貌。

遇到不喜欢的礼物，我会对送礼的人笑一笑。说，我很喜欢呢，谢谢你。

遇到很喜欢的礼物，我会对送礼的人笑三笑。说，谢谢你，我很喜欢呢！

然后我就会把礼物放到一边，大家一起喝酒，主宾齐欢。

但始终会有一份礼物，我留着不去拆开来。要么放在抽屉里，要么塞在书柜中，要么堆在圣诞树下，原封不动，有时还一不小心就让它积了隔年的尘埃。

不拆开的原因，是因为我会去开心地幻想，想象那个漂亮的包装盒里放着的，正是我最喜欢的那样东西——我每年都会默默地改变我“最喜欢的东西”的名单，所以我每年都会保留至少一个礼物不拆，把那个空缺适时地填补进去。

这样的感觉无疑是很美好的。

总好过于按捺不住心痒拆开了礼物，结果发现里面装着的，是一双袜子，或者一盒香皂。

我在特别想念你的时候，就会写下一句我想对你说的话。

这些话，我有时会直接告诉你，有时会埋伏在情书里，有时则什么也不说，把它们当成礼物，包装起来，封存着让你看，却不让你拆开来。

这样你就会有更多的想象空间，你大可以把它们想象成，你最希望听到的我对你说的话。

就好像我此刻正对着一个我去年生日时收到的礼物发笑。

我其实有点忘了送它给我的人是哪一位，没有拆开的银色小方盒子，红色的丝绒缎带包扎得很好看。

我在想象那里面装着的，也许正是我此刻最想要的一样东西，比如，二十年后，我们俩住着的某间湖畔木屋的，黄铜门匙。

开始写第八本书的我

春 联

亲爱的 Z 先生：

春联。

这是中国人原本用来驱鬼的一种符咒，商周的时候是两块桃木板，分别画着神荼和郁垒两兄弟，那时的人们会把这种桃木板挂在门口，坚信能够避邪纳福。

五代十国的时候，一个名叫章逊的学士，奉了后蜀主的旨意，在桃木板上写下了左右对称的两句话，“新年纳余庆，佳节号长春”，这便是人类的第一副春联，直到宋代才正式从桃符，改口叫了春贴纸。

此后贴春联就成了一种习惯，与鞭炮、年夜饭一样，少了就让人觉得有些不对劲的过年必须配备的标准习惯。

可是，当城市里已经不再允许放鞭炮，年夜饭渐渐从自家厨房转向了高级酒楼的时候，春联则叛变得要更早：

依稀记得的童年记忆里外公磨墨、姨父压纸的画面已经彻底模糊了，我依旧会每年帮妈妈去更换大门上的春联，机械印刷的字体完美得找不出半点缺陷，只能对着右下角标明春联赠送方身份的落款吹毛求疵：

前年是工商银行，去年是中国移动，今年就是蒙牛酸酸乳了。

我其实原本并不知道，原来连妇幼保健院也会批量印刷春联，送给员工和病人的。

如今的春联，早已脱了当初用来驱鬼避邪的习气。

文雅且押韵的字句，看着念着都是美好的，但寓意彼此鲜明得很，是一种潜山不露水的自我期许：

给自家大门贴着“一年四季行好运八方财宝进家门”的人，通常爱钱爱得要死。

会刻意挑选“甲乙科名佳话在子孙孝友古风存”的人，大抵对于名利心看得很重。

对于“天增岁月人增寿春满乾坤福满楼”格外偏爱的人，可能对于养生续命有很高的要求。

至于会贴出“喜居宝地千年旺福照家门万事兴”的人，他的愿望实在太多了，难以一一尽数，索性全盘代过。

当然也会有些“江山万里如画神州四时皆春”这种咏天下颂万物的例子，但总会招来一些人的连连皱眉，如画的江山自然是难得一见的，真要是四季如春的话，那些反季节打折时买下来的吊带衫和羽绒服，到底该去怎么处理？

我常常会在大年初一的时候，独自跑到街上去，一家一家春联沿路浏览个遍，企图逐一破译各家的心思，用白话去翻译古词，觉得是个颇为有趣的自娱游戏。

比如上面的例子，译成白话文通常让人要为这些家庭的野心恳切而忍俊不禁。

第一家明目张胆地写着“每天都好运我要发大财”，第二家就强调着“继续做大官子女得孝顺”。第三家辗转委婉地透露出“想多活几年要享晚年福”的初衷，第四家就更无赖了，“永远交好运啥事都顺心”，美丽的辞藻里沉淀着厚厚的尘垢，在流星滑落前许愿还只是个人的期许，在春联上题字则映射着物以类聚的家族人心。

中国人还真是含蓄又婉约呢！

那么我就试试用含蓄又婉约的文字，在春联上写一封情书，如何？

翻出了中学练书法时的字帖的我

去过或者路过

亲爱的 Z 先生：

我的家邻近南京。小时候常常旅行的目的地，以及长大后常常出差的目的地，总有一站是上海。

有时跟刚认识的人聊天，偶尔会聊到有关旅行的话题，在听说我姑且算是半个江浙人士后，就会有人兴奋地比画着问，你去过镇江吗？你去过扬州吗？你去过常州吗？你去过苏州吗？等等等等。

我往往会略微思索一下，依稀是记得有去过这些地方的，于是便礼貌地回一句：去过的。

接着话题就开始扯到星座上去了，月亮是什么，上升是什么，金星火星是什么，其实我都不太懂。

后来陆陆续续有认识一些确实的江浙人士。话题转移到各自的家乡时，他们依然会很客气地问一声，你来过我家乡吗？你喜欢哪些地方？可曾记得好吃的东西有哪些？

我于是便开始有些茫然了。对于那些具体到点的事物，我全然没有印象，倒是有些泛泛到面的事物，开始在我久远的记忆画面里，逐渐清晰——

我固然是去过那些地方的。但也仅止于“去过”而已。

坐着去往上海的火车。坐着回去南京的火车。沿路停靠的站名我大都可以背得出来：镇江，无锡，常州，苏州……还有一些快车不停慢车才停的小站名，有的根据姓氏而得名某家庄，有的古怪到以人体的器官命名出没办法跟小孩子解释含义的小地名，有的则干脆是一些形同音不同的古语汉字，约莫沿传的是几千年前的叫法。

火车路过时，或者停五分钟，或者停九十秒，下车的人匆匆，上车的人也神色紧张，我往往坐在靠窗的座位上，剥着橘子，想象着被火车站陈旧建筑所挡住的另外一面，会是怎样的城区景色。

我的的确确曾去过那些地方，停留了从 90 秒到 5 分钟不等，接着骨碌骨碌，慌里慌张地去往下一个地方。

后来我在人生里也常常被问到类似的问题。比如，你认识某某吗？比如，你做过编剧这一行吗？比如，你看过《罗宾大战蝙蝠侠》吗？

我还是会惯例地要陷入思考的过程中，然后记忆模糊不清地却也格外老实地回答：

是的，我认识——在工作场合交换过名片，此后再无联系。

是的，我做过——生平只给两部电影写过剧本，还是做的别的编剧大师的代写枪手。

是的，我看过——只有开场的十分钟和临近结束的五分钟我是醒着的。

似乎很多人都跟我一样，一生都在坐着急速行驶的火车，沿路经过了许多风景，我们满脸无聊且疲倦地嗑着瓜子喝着绿茶，草草地扫了那一眼树木荒野或田园，然后就会在日后跟别人说：

是的，我曾去／看／到／做／尝／爱过那些人与事与地。

还好啊，我在上车前有仔细地看了一眼我的车票：

发车站叫 W 同学。那是我的初恋。

终点站叫 Z 先生——

我真庆幸你不是半路上从窗边闪过的张家营、李家庄。

坐在 D5424 次列车 11 车 48 座的我

写小说

亲爱的Z先生：

与一个获得过国际重要奖项的作家聊天。

我问他："是不是因为你把你切身体验过的经历如实地写了下来，才会让你的作品如此生动震撼？"

他不紧不慢地喝了一口新摘的嫩绿新茶，把杯子轻巧地放回原木茶几上。

"你觉得刚才吃的午餐如何？"他笑嘻嘻地问。

"伯母的手艺非常精湛，让我大饱了一顿口福。"我诚惶诚恐地回答。

"少来了。他摆了摆手，午餐时她打电话叫的附近餐馆的外卖，她只是原封不动地把菜从外卖盒转移到了盘子里罢了。"整桌子菜，她就只做了一道，就是那盘被你认为是醋熘土豆片的醋熘土豆丝。

接着他给自己又倒上了一杯茶，看起来很满意我送来的这包茶叶的样子。

"所以啊，"他继续笑嘻嘻地说，"无论是出于礼貌，还是出于私心，我们所说的话和所写的字，都总有三分不实在里头的——我只是把这些不实，稍微扩充到了三分七而已。”

吃饱了不说吃饱了，要说我吃了很心满意足的一顿饭。

被 A4 纸割伤了手指，要说我在办公室辛苦地加班，连手都被割破了也还在制作年终报表。

因为个性不合而各奔东西，要说他实在是个忘恩负义的混蛋，亏我对他那么那么好，不过我也让他知道，我不是没人追的！

老板买了件新的西装，要说到底是老板啊，如此有眼光能挑到这么一件有品位的西装，而且别人通常都驾驭不了这种款式，只有您才穿得出风度与派头来。

不只是作家会把虚夸融在文字里，我们所有人也都是在各自的人生里，创作着不同风格的作品——

差别只在于，有些人是李白，有些人是杜甫，有些人是金庸，有些人是席绢，有些人是卡尔维诺，有些人是 J．K · 罗琳。

我们只要听得到重点，把那从三分到九分不等的不实给剔除掉，只剩下可供参考的些许真实留在耳边就好。

比如，有人说我对公司可谓忠肝义胆，绝无叛离跳槽之心，唯愿从此以后继续尽忠职守为公司的未来发展努力奋斗，我们提取重点：“我想升职加薪了”。

比如，有人说我一直都说那个人不可信吧，关键时候还是我这样的好友陪在你身边，所以下次别再把钱乱投资了，我们提取重点：“就算要被骗钱也得要先被我骗啊”。

比如，有人说真稀罕呢，居然在这里也能遇到同乡，既然如此你就更不能宰老乡一刀啦，大家都出来混的彼此都不容易呢，我们提取重点，“死三八再给我便宜个五十块钱”。

亲爱的 Z 先生，倘若我要对你说：我真的很爱你呢，几乎每天都想着你，一旦不快乐的时候就开始想你那坏坏的笑容，于是就觉得心情愉悦了，这对我而言真是一场奇妙又动人的恋爱。

你又能听得出几分不实与几分真实，然后能从中提炼出怎样的重点来呢?

与那位作家道别的时候，我在出门前又问了他一个问题。

那么哪位作家在您眼中，写的东西里不实成分所占的比例不只三分七，甚至比七分三还要更多呢?

呃……大约就是总喜欢让她的主人公靠说大段大段空洞的情话来撑场，然后又总爱编些纠结烦人的恋爱故事的那一位吧。

他眨眨眼，有些调皮地说。

很不爱吃年糕的我

自大的人类

亲爱的Z先生：

人类真是太过自大的动物。

商家在推销皮包时，会说这是珍稀的热带水鸟皮。

在贩售燕窝的时候，会说这对美白很有帮助。

人参的作用是为了抗衰老，麝香的效果是可以催情。

把番茄榨成汁就能补充维生素，三文鱼的油要用来排毒减脂。

似乎所有的一切生物与非生物，它们存在的意义，都是为了让人类活得更长久，更健康。

辛苦孵育自己子女的鸟儿，它们是没想过自己的巢要被人类拿来炖汤的。

潜藏在深海里遨游的鲸鱼，也没打算一生下来就准备把肠子里的东西培养成让男女做爱更愉悦的香料。

灵芝、雪莲长在深谷里只为孤芳自赏，被拔根而起的痛苦人类从来都体会不到。

还有那些本就是存在于自己体内的东西，动物们不晓得该怎么称呼，植物们的交流用语人类又听不到。

于是人类索性自大地分别给予名称：

胶原蛋白、B 族维生素、组氨酸、酪氨酸酶、胡萝卜素、谷物纤维……

然后理直气壮地一一宰杀，烧煮进补。

或者做成衣帽服饰，印上只有人类才有的路易威登、爱马仕标签，穿出门去向同类炫耀。

四脚着地会汪汪叫的生物，人类取名叫“狗”。

带有羽翼会振翅飞翔的，则被定名叫做“鸟”。

但“狗”们在同族中未必叫彼此为“狗”。

你大声地喊“鸟”，那些飞在空中的家伙也不晓得你在鬼叫什么。

人类自大地给宇宙万物都确定了属性，还多事也要管冥王星是不是属于太阳系。

我真的很疑惑，红烧肉是怎么称呼正在用筷子夹着它然后把它吃到肚子里去的，这个“人”的。

所以我尽量谦虚谨慎地对待我们的爱情。

我的出生，不是为了贴上“Z 先生的爱人”的标签的。

你的微笑，也不该是为了取悦我而单一地浮现。

我们的爱应当公平无私，当然更不用去牵涉置身事外的旁观无辜。

倘若有人嫉妒或者鄙夷地要称我们的感情为“奸情”“假爱”“炒作”，我们也最好微微一笑，不予置评——

因为那是他们自大的本性又在作祟，要站在他们自己的立场上为一切定名，

我们的爱情不为取悦或惹怒任何人而存在，就如同钻石兀自闪光，它自己未必乐意要去代表人类的婚姻关系。

一直觉得很口渴于是喝了很多水的我

陋 室

亲爱的 Z 先生：

你一定听说过刘禹锡的陋室铭，头三段很多人都立刻背得出来：

“山不在高，有仙则名，水不在深，有龙则灵。斯是陋室，唯吾独馨。……”

当时因为参与永贞革新而被贬的刘禹锡，受到当地长官的排挤，在半年时间内被迫搬了三次家，而且被分配到的新居所是一次比一次更小。刘禹锡本人不以为意，反倒觉得新家临水听风，很是一处能自得其乐的场所，便写下了这首《陋室铭》，自我安慰的同时还狠狠地调侃了贪官污吏一回。

所谓的陋室，其实是一片呈品字结构分布的小型住宅群，主体是一座一进三室的小宅，集合了刘禹锡当年的客厅、书房和卧室，两侧有两座平房为佣人居住及日常膳食之所，总面积按照现在的算法来计算的话，大约 100 平方米，相当于城市住宅一个标准三居室的大小，就当年和州刺史这个官职而言，确实算不得宽敞。

刘禹锡却整天一副乐在其中的样子，住得久了也就真的爱上了这处陋室。

其实如今的我们，当中也有不少人住得起这100平方米的房子。

相中了底盘楼市，一次性付清全款或者交足首付，便充满期待地在心仪的楼层挑上合适的户型，最好还是坐北朝南宽敞通透，只待挑一个黄道吉日，便大举搬迁，从此展开一段看似美好的新生活。

100平方米的房子，在寸土寸金的现在而言，已经算不得是陋室，甚至可称得上是一种都市里的空间挥霍。

然而因此就满心扬扬得意又实在太过肤浅，毕竟刘禹锡当年的100平方米，是独栋独占的砖屋平房。

而我们所拥有的这100平方米，却是一个搭着一个逐渐架高上去的。20层高的楼房，每一层的面积都借用的是地表面积上空的空中面积，每户100平方米也得被20户平均分享。

简单地说，当一只南归的大雁从半空中掠过时，刘禹锡可以眯着眼捋着胡须，感慨一句“我家瓦上雁南飞”。

但我们则同时会有超过20个人要去更新他们的微博，各自一口咬定“大雁是从我家上空经过的”。

更何况，如今在都市的上空，已经很难见到大雁了。很多人的100平方米，他们在空中所在的高度，几乎比大雁的飞行高度，还要高上那么一点点。

被平均分享的陋室，多少是有那么一点辛酸味的。

爱情也是如此。

古人的爱情，朝秦暮楚的也有，但多的是一生只守着一个人度日。只有达官显贵，才觉得平淡的日子腻了，要娶个三妻四妾来吵闹自己的耳根子，可是对于那些妻和那些妾而言，她们同样也是守着一个人就是一辈子。

如今的爱情，不管男女，都鲜有一人守着另一个人，一生只谈一场恋爱的例子。按照次序，有分初恋、再恋、三恋的；按照类型，有分情人、爱人、枕边人的；按照属性，有分伴侣、床伴、一夜情的。他们的爱情陋室，是架空在基础的爱情地表上，于上空越垒越高的危险建筑，口口声声地说着“我珍惜爱情”，其实质却是“我珍惜每一段爱情”，有时爱上个三五年，有时则是短短几个月甚至几天的泡面速食恋爱，即便住房面积依旧是100平方米，那也大都是短期租房，租期长或者短，过了就过了，房门钥匙随时可以退给房东去保管。

偶尔还有些不爱交房租，更企图觊觎着从房东那里偷些钱财的黑心户，他们的陋室已经不是简陋的陋了，而是丑陋的陋。

将爱情的定义，架空来分摊和分享，听着似乎比单纯的城市住房面积逐年减少，更让人忧心忡忡。

掰着指头数一数我过往的恋爱经历，隐约觉着我的爱情陋室现在正被架在第21层的位置。

你若想找到具体地址，倒也不难。搭着观光电梯上到21F，右转大门朝东的那一户就是我家。

只是我确实已经搬家搬得有些太累，若你不嫌弃，这房子倒愿意终生授予你居住使用权，只求房高不会再次上增，21 楼就封顶，其实刚刚好。

我的爱情陋室也是 100 平方米的三室一厅一厨一卫，一间用作书房，一间用作招待客人留宿，一间用作我们的卧室。朝南的窗户按照季节分别摆放不同的鲜花：秋天是桂花，冬天是水仙。

南阳诸葛庐，西蜀子云亭。孔子云：“何陋之有？”

打算重新粉刷北京居所的我

喜欢的声音

亲爱的 Z 先生：

有一件让我印象很深刻的事情，我现在说给你听。

几年前的一个晚上，我坐上纽约地铁的一趟末班车，饶有兴致地盯着几近空荡的车厢里，或者站或者坐以及为数不多的几个躺下来的乘客。

有一些乘客喜欢戴上耳机，跟随着不知道是什么旋律的音乐，轻轻地微笑，或毫不掩饰地哀伤。那个时刻，他们的表情是与我所身处的这个现实世界脱节的。不会因为冰冷的车厢广播声音，而表现出任何互动的神色。只有列车停靠在了他们的目的地的时候，他们才会定一定神，像是有些无奈似的，回到现实世界中，然后不紧不慢地走出车厢去。

出于对这个城市居民充满好奇的心理，我决定有礼貌地闯进他们暂时自我封闭的小小世界里，去探知一下他们到底在对什么发生兴趣。

我敲门的方法是，很客气地跟他们打个招呼，然后拜托他们把耳机借我试听一下，让我通过他们此刻正在听的旋律，来大约地推测出，他们正沉浸在怎样的一种精神氛围中。

我从第一节车厢，一直试听到了最后一节车厢。除了有少数乘客对我的举动表示出惊愕的神情之外，大多数人都很友好地借我听他们喜爱的音乐。

当然这些音乐的风格很多样，每个人的口味都很复杂。我听到了流行的 R&B，听到了吵闹的 Hip-Hop，听到了愤世嫉俗的死亡摇滚，听到了发音浑厚的美声歌剧，听到了年轻的学生正努力学习的法语朗诵，听到了至今都算是经典的电影片段，还听到了让我感觉熟悉的中文，似乎是某个曾流行过的香港女歌手的热门金曲。

最后一节车厢里，有一个穿着朴素衣服的年轻女性，她的皮肤很白皙，头发是漂亮的棕色，脸上有几颗不难看的雀斑，带给她一种与实际年龄不符的可爱青春感。

我在接过她大方地递过来的耳机试听时，有一丝丝的讶异。她没有在听歌，也没有收听任何有逻辑意义的语言发音——耳机里传出的，是一个孩子的哭声。响亮而且有力。

她于是笑着解答了我的疑惑：我听到的，原来是她刚出生五个月的孩子。因为她需要独自抚养这个孩子，便只能每天从早到晚地打工赚钱。孩子寄养在她的婶婶家，每天她下班回去的时候，孩子早已酣睡，而当她一大早出门之前，孩子也尚未自然醒来。她不能常常地陪伴在孩子身边，所以只好拜托婶婶把孩子的哭笑声全录下来，坐车的时候听一听就觉得心里很是宽慰。

照片不会动，回想太虚无，当我们格外思念某个人某件事的时候，我们往往可以从与之相关的声音里，提取出能够让内心感动的信号。

我在到达目的地前的等待时间里，也会常常要听一些让我感到快乐或者忧愁的音乐。倘若这个人生的旅途太过漫长，独自上路的我或许会想要听听某些特殊的声音：

如果你睡觉打鼾或者常常爱自言自语，请将那些声音录满我的 iPod。

这次坐在D5425号车047位置上的我

收集玩偶

亲爱的Z先生：

英国喜剧《Little Britain》(《小不列颠》)里有这么一个桥段：彼此关系亲密的老太太们，一起出钱为一个极其喜欢收集青蛙玩偶甚至连房子也漆成绿色的老太太，买了一份很特别的生日礼物，一只一定会让她无比欣喜的、活蹦乱跳的青蛙。结果总是说自己喜欢青蛙的老太太在打开礼物的包装后，惊恐地发出了凄厉的尖叫，然后用一只拖鞋把青蛙给打死了。

四下皆愕然。

我有一个朋友，她无比喜欢收集任何跟猫有关的玩偶。只要是在商店里看到有着猫的形状的可爱的玩偶，她就完全没有抵抗力地要强迫自己去买下来。

她如此迷恋猫已经到了一个完全不可救药的程度，我于是便好奇地问她为什么不真的去养一只猫好了。

她便回给我一副嫌恶的面孔：猫多吵闹，多麻烦，多惹人烦啊！

我只好默不作声，看她用更多新买回来的猫玩偶，渐渐地将原本就不算宽敞的居室填塞得更加拥挤。

其实这也不算是什么太过古怪的个性：喜欢老虎玩偶的人，未必真的愿意跟活老虎亲热地拥抱；狂热收藏维尼熊的人，大概也不想跟脾气不好的阿拉斯加棕熊做朋友；至于那些家里摆满米老鼠和蜘蛛侠的人，他们抓着拖鞋追打老鼠和蜘蛛的狠劲可能比黑道砍人还要生猛。

我们喜欢的，不过是被人类化的动物的基本元素，正如我们总是会痴迷某个偶像一样，其实喜欢的应当是我们根据自己的口味而想象出来的那个完美的对象，而绝不是原型本尊。

老虎残暴，狗熊凶狠，老鼠鬼祟，蜘蛛瘆人，偶像也需要拉屎、放屁、抠脚丫。

我们有时未必是真的爱上，而是认为自己应该爱上。

还好我从来不收集玩偶，我也确定我爱的是你本人。

细细回想发现自己真的有不少坏毛病的我

随时准备读书

亲爱的 Z 先生：

我有在包里随时备一本书的习惯。

等车的时候，候机的时候，走累了随便找个地方歇一下的时候，坐在咖啡馆里喝下午茶的时候，约了人离碰面时间还有一会儿的时候——

我都会拿出来，随便翻上几页，虽然进度缓慢，但的确是在把一本书渐渐地消化掉。

如果是一本散文集或者心情随笔就还好，几分钟的时间足够看完一篇简单的心得与感受。

假如是一本小说就会比较糟糕，因为空闲的时间太过分散，以及无法确定究竟下一次翻书的具体时间，我往往很久很久都读不完一个完整的故事，或是隔得久了，就忘了前面曾说过些什么，于是只能无奈地再翻回前面重新温习。

哈利波特跟伏地魔决斗的那一章，我整整花了一个月时间才完整地看完。

由于总是看到关键时刻车就到站，而下一次翻书的闲散时间又迟迟不来，我真的曾有一段日子里，误以为哈利波特真的被杀掉了。

然后悲伤地跟别人说，这是一个很是哀伤但又颇为创新的故事。

正不胜邪。

我之所以总是带着一本书出门，是因为我时常需要确定，我还是依然保存有思考的功能的。

现在的这个社会，已经开始让很多人越来越不需要费神去思考。

出行不用思考，因为有固定线路的交通工具。

驾车不用思考，因为有告诉你怎么开车的卫星导航。

购物不用思考，因为有强制性洗脑的推销广告。

工作不用思考，因为有可以混饭吃的敷衍模式。

吃饭不用思考，因为快餐店吃来吃去就只有那几个固定的选择。

看电视不用思考，因为没有营养的肥皂剧根本没有思考的必要。

谈恋爱不用思考，因为凑合凑合总能把日子平淡地过下去。

打麻将不用思考，因为要讨好上司就得故意输，要接受别人的奉承就算闭着眼也能赢。

我有时会觉得这样不用思考的人生很轻松，没有太多需要额外操心的东西。

人类给自己造了太多便利的机器，又制定了太多具备相似性可以随便被谁套用的生存法则。

不晓得再过几百年，地球上的人类是不是全都做着一样的事，说着一样的话，过着一样的日子，讨着一样的生活？

不用思考的人们，已经开始越来越相似。

我终究还是希望自己能常常思考的。

读书是让我最容易能发觉自己有在思考的一件事。

辨识文字，理解句子，然后在脑海中转换成相应的画面，好的留下，差的忘掉，虽然过程简单，但毕竟是思考的大致流程。

思考太多事情往往让我会觉得辛劳，但同时也会有一种快感，让我愉悦地想着，喔，原来我的人生还是我自己的呢。

这究竟是在肯定自己的人生，还是在担心被“不思考”病毒传染呢？

我其实也有点说不好。

倘若真有一天，全世界都不思考了，只剩下唯一思考的一个人，那会不会感觉很孤独？

这样看来，不去思考的话，反倒不会知道自己会陷入恐慌里，也许真的是种幸福也说不定。

我知道你是很爱思考的人，要让你的脑子有半刻的放空和安静，那是比让狗狗学猫叫还要更困难的事情。

所以我很确定，当全世界都不再思考的时候，唯一有可能还在思考的那个人，就是你。

这似乎更加深了我要带着书出门的决心：

当你忍无可忍地准备对路上遇到的第一万三千八百四十七个

不去思考的人骂脏话的时候，我会突然跑到你面前，对你说："嘿！还有我呢！我们一起来讨论文艺复兴给法国带来的影响与得失吧！"

最近我包里带着的一本书，叫作《根西岛文学与土豆皮馅饼俱乐部》。

你呢？

又要开始准备赶早班航班的我

一起饮茶

亲爱的 Z 先生：

我面前的一杯茶，明亮的汤色微微有些琥珀的光，有点像是还没成熟的香槟，水里的一根茶梗竖直地悬浮着，日本人总说这是好运气的征兆。

所有跟茶有关的话题，都跟清净有关：

居士烹茶，妙玉煎茶，好友沏茶，踏破铁鞋寻茶，万里江山一盏茶。

其实是有些苦涩的液体，但是却苦涩得足够纯粹也足够清香。本是极简的一件事，也可以因为过度钻研而精深得登峰造极。

不喜欢茶的人，会嫌弃它入口不够甘甜。太喜欢茶的人，会沉迷于它的回味实在悠远。

粗略地喝茶的人，在小饭馆里等着上菜之前会把那些装在一次性塑料杯子里的粗劣茶叶水，当成是用来解渴的乏味饮料；精细地品茶的人，会竭尽所能地找来最昂贵、最稀罕、最极品的茶叶，对水源的品质，对烧水的时间，对冲茶的温度都极其讲究，更有甚者，若入了茶道，坐姿、服装、礼仪统统都有规定，烦琐得让人花十几年的工夫也刚刚只算入门。

茶就是这么一种将矛盾复合到味觉体验之上的特殊事物。

最重要的是，喝着茶的时候，无论是怎样的人，都会有一种微妙的心情在浮现：它比水要有味道，它比果汁、比红酒、比豆浆都要味道更清淡，它可浓可淡，可深色可清浅，不管是什么样的状态，都能有着不同的感受，浓有浓的愁情荡漾，淡有淡的清新袅袅，水壶烧开的时候，俗世就需要被暂时隔绝开来，留着一点虔诚去自我陶醉。

我很乐意与你一起饮茶。

喜悦时喝冰糖菊花，平和时饮清香茉莉，雅致时品西湖龙井，静逸时尝飘香普洱，还有银针毛峰、锡兰阿萨姆、碧螺春，总有一种心情适合选中它。

饮茶时如若进入新的世界，对饮的人就是这世界里唯一的伴侣。

我只跟你对饮。

在朋友的餐厅里独自品茶的我

出租车司机

亲爱的 Z 先生：

每个人都会有许多许多小秘密想要跟别人分享。

这个有荣幸能分享到秘密的对象，在挑选的时候很有讲究——

有人愿意跟知心好友抱怨老板的苛刻，有人想要跟闺中密友畅聊交友圈里的八卦，有人会相信只有家人才不会害自己，有人则酒后才吐真言，把自己爱了谁不爱了谁，睡了谁被谁给睡了，通通告诉当时离他最近的人。

我也会有想要倾吐心事的对象，而这个人往往不是固定的一个人，而只能说是固定的一个职业。

是的，最常听到我心事的人，是出租车司机。

作为陌生人而言，出租车司机无疑是一个很有趣的类别。

他们匆匆地来匆匆地去，坐得未必就比飞机上你邻座的旅客挨你更近，但也绝对要比路上擦肩而过的行人跟你相处的时间更长。

他们大多都有怕寂寞的毛病，广播电台里各类插科打诨甚至壮阳药广告就是他们最好的解闷道具。有时听得不想听，或者不想单方面被人抢了话头，就会开始找着话题跟坐车的客人聊天，聊什么他们都会很投入。

这样的一种陌生人，除非你打算做他的常客于是要了他的叫车号码，或者你们就真的缘分不浅，否则平时想要一见再见的几率实在很低。

所以当这么一个愿意聊天，又往往会跟你聊得很起劲而绝不是单纯敷衍的陌生人，主动挑起了话头的时候，我就会有一种跃跃欲试的小小冒险精神在骚动。

我会跟他说一些工作上的辛劳，也会跟他聊一些家里发生的大事小事，从七大姑八大姨，到老朋友新情敌，隐去姓名，藏去身份，只聊事情的过程与自己的感受，对于这位司机而言，那些出现在话题里的人物，全都被冠上了一个“这位乘客的七大姑”、“这位乘客的八大姨”、“这位乘客的老朋友”、“这位乘客的新情敌”的定语身份，与开车的他不相干，他也只是太过无聊，所以想要参与别人的生活而已。

说完秘密之后，我会很舒坦，跟所有心里藏不住秘密的人一样，有一种欲望发泄后的惬意。同时我也会莫名地有一种小小的、近似于期待和兴奋的忐忑：哦，他到底会不会把这个秘密说出去呢？老板又会不会知道我在说他跟秘书偷情的事情呢？

这样的忐忑，在我下车的那一刻就会烟消云散。我付完车费，关上车门，向着继续移动到车流里的那辆车挥挥手，我跟司机，重新回到了陌生人的角色属性里，只怕下次再见也未必认得出对方来。

世界上或许有那么一些人知道了我的秘密，尽管他们无所谓是否要保密，更无所谓告诉他们这些秘密的人，究竟是怎样的模样。

我最近跟司机说的一个秘密，有关于你。

我说，我喜欢一个人，喜欢得不得了。

那司机有些慵懒地在等红灯的时候打着哈欠，末了才从眼角挤出困倦的泪，敷衍地应了一句：那很好啊。

嗯，确实很好呢。

谢谢你，司机先生。

连续工作四十八小时只睡了两小时的我

温蒂妮

亲爱的 Z 先生：

柯林·法瑞尔主演过一部电影，故事的主题是渔夫爱上了他从水里打捞上来的美女。事实上柯林·法瑞尔也确实跟电影的女主角艾丽卡·巴赫蕾达相爱，将电影里的爱情神话延续到了现实中。

这部电影的名字叫作《水中仙》，导演是拍过《夜访吸血鬼》和《哭泣游戏》的尼尔·乔丹。片中原本生活在水里的美女，她的原型不是美人鱼，而是温蒂妮。

温蒂妮是一种很奇特的水中精灵。她们虽然拥有永恒的生命，却没有真正的灵魂，只有通过与人类男子相爱结合并孕育生子，才可以获得灵魂，从此失去永恒的生命，像人类一样会慢慢衰老。

但是丈夫绝对不可以在水边辱骂温蒂妮，否则她们会因为又羞又气而逃回水中，从此消失。并且丈夫一定要忠贞专情，一旦在外偷吃，温蒂妮就会失去她被婚姻赋予的灵魂，烟消云散。

这使得温蒂妮成为一种非常被动且悲哀的传说生物，她们会为了爱情而放弃身为精灵的高贵身份与永生神力，她们也会因为爱情而随时处于魂飞魄散的危机中。她们容易动情，也很容易被伤透了心，她们原本优雅神秘，却被爱情俘虏，成了家庭里的糟糠妻。

然而温蒂妮也并不是全然软弱可欺。在德国人的神话故事里，温蒂妮曾经因为变成了人类，在年老色衰的时候被当初对她许下爱情忠贞誓言的骑士背叛。当温蒂妮发现了骑士正搂着别的女人酣然入睡时，她愤怒地对骑士发出了诅咒：

你曾经以清醒时的呼吸为誓，向我证明你的忠诚，既然那时我接受了你的承诺，那么从今以后，若你保持清醒，便呼吸；一旦你坠入睡眠，便死去！

这就是有名的“温蒂妮的眠咒”，是所有偷情者战战兢兢的噩梦。

温蒂妮的故事似乎总是在警醒世人：爱情要忠贞。关于爱情的誓言，不要当成儿戏，切忌随意许诺。

柯林·法瑞尔曾经有过一段不愉快的婚姻，如今他跟艾丽卡·巴赫蕾达也育有一子，他会否将忠贞的爱情一直延续下去，让身边的这位温蒂妮可以一直陪他如常人般老去呢？

我虽是情感丰富的人，但也并不意味着我就会散漫随便地对待感情。当我决意坚定不移地去爱一个人时，我敢于许下最忠诚的誓言：

若你是温蒂妮，我相信我能在日后的每一个夜晚，睡得香甜。

打算享用早午餐去的我

过年的力量

亲爱的 Z 先生：

火车站里挤满了人。汽车站里排满了人。飞机票价格猛涨，有人因为买不到票急得跳脚，有人因为多花钱买了贵价票而心有不甘。

每到快过春节的时候，这样的景象就时常可以见到。

千里迢迢，跋山涉水，人人都嘴上说着，为了吃那一顿难得的年夜饭。

菜色是否丰盛并不重要，饺子包的是什么馅也甚少有人挑剔。

明知道电视上播放的节目，一年比一年难看，却还是会小小的有所期待，一堆人聚在一起，或者嗑着瓜子随便聊些家常，或者就索性掏出大把的零钱来，杠上开花、岭上一色，稀里哗啦的声音可以持续一宿。

耗费那么多精力和心力，为的只是去体验这每年都大致相似的乏味琐事吗？

名为过年，其实过的是一种习以为常的过境人生。

我对于这样的气概通常给予敬意。

能坚持在火车上不眠不休站着几十个小时，只为熬到故乡然后分给亲友那些不贵重的礼物的人，春节本身的意义已经不重要，越思念越美好的家就是他们的信念。

其实真正的那个家，未必会总如思念般完美：

待了几天会觉得无聊，跟家人总有吵不完的小争执，亲友串门得太多，久了也觉得麻烦。

可我们总要给自己一个充分的理由，来强迫我们为着一些琐事尽心尽力，春节在古代是祭祀的庆典，如今则是中国人集体的思乡病发作，一种自己强加给自己的，欣喜情感。

有一句词这么说，

为赋新词强说愁。

其实也可以这么改：

为孝亲情强过年。

如果一起过年的人，理应是这个世界上与自己关系最亲密的人，那么邀请一个不是自己家族里的人，一起过年，几乎可以看成是仅次于求婚的，一种爱情承诺。

准备踏上返乡归途的我

不间断电源

亲爱的 Z 先生：

很多酒店出于节省电力的考量，当房客拿着房卡出门之后，整个房间的电源就会被自动切断。

不过这些酒店里还是会有一些贴心的优等生存在，他们为了解决房客出门后对数码产品充电和笔记本电脑长时间待机等用电的需求，便会在许多插座之间，加设一个 24 小时不会断电的特殊插座，学名叫作不间断电源，英文简称是 UPS。

我常常会把数码相机、笔记本电脑、游戏机、手机电池甚至是便携式电热烘鞋器都留在酒店的房间里充电，UPS 总是给予我相当大的恩惠。

这似乎有点像我们的人生。

我们总是需要从形形色色的不同人身上，汲取能促进我们成长的必要能量。这股能量可以是经验，可以是思想，可以是智慧，可以是幸福，也可以什么都不是，就算只有怨恨与受骗后的懊悔，那也能够推动我们的脚步时快时慢地向前挪动。

可是我们通常不会在一个人身上花太多的时间去汲取能量。

有时是我们先从对方身边走开，有时是对方主动提出要抽身远离，每当这种看不见的联系被拆开，就像是电源被断了电，即使我们的插头还没拔下来，那也得不到任何的好处。

然而我们生命中所幸还是会有不间断电源的存在——他混迹在一堆电源插座中间的时候，并不起眼。但是当你发现别的插座都已经停止供电时，只有他才会最温柔地包容你，继续供你汲取能量，从未有过只言片语的抱怨。

我们的不间断电源并没锁定任何特定的人，或者是父母，或者是爱人，或者是不曾背叛的好友，或者是患难与共的同事，或许像是从年轻红到年老至今魅力不褪色的偶像也都可以——只要你觉得当你依然能从他那里获得能量，那么他的电力就始终全年无休地时刻供应着。

你的爱人有过很多，你作为他们的电源，给了他们一段时间的充电时间。他们作为你的电源，也让你在那些日子里精神抖擞、朝气蓬勃。

断了电的爱人是不是有必要令他们恢复电力我并不晓得，但我很愿意能成为你的 UPS 电源——

二十四小时，三百六十五天，你随时可以从我这里汲取快乐。

正在使用 UPS 电源给手机充电的我

古董

亲爱的Z先生：

古董。确实是越古老就越值钱。

存在于我们现在生活的这个时间里的东西，用过了的被称为旧货，日子越久就越旧。旧货不是古董。

只有那些存在于我们之前的那些时间里的东西，是生活在那个时间的人遗留下来的旧货，日子越久就越值钱。旧货就是古董。

石器时代的石矛，恺撒王朝的盔甲，李白用过的砚台，南宋年间的花瓶，明末清初的夜壶……

我们愿意在古董身上花大价钱，其实买下来的不是古董本身的价值，而是那些我们没有经历过的，古老的时光。

所以我猜想，我写给你的这些情书，在未来的某个时间里会突然变得很值钱。

因为相对于未来的人们来说，我们的时光他们未曾经历过，我们的爱情他们没有体验过——

100年后的他们，也许会想要花大价钱来买下我写给你的情书，买下先于他们之前的一段爱情，买下我与你相爱的这段古老的时光。

我们的爱情，终会价值连城。

懒散地在吹着夜风打瞌睡的我

血 型

亲爱的 Z 先生：

关于血型之间的关系，作为一种平常不太用得到的常识，我想你应该知道：

A 型只能输血给 A 型，B 型只能输血给 B 型，O 型只能接受 O 型的输血但却可以给任何血型输血，AB 型则可以接受任何血型的输血。

这么看起来的话，似乎 O 型最慷慨，AB 型最自私。

既然血液是我们身体里最重要的一个组成部分之一，那么我似乎应该相信它们对于我们本身的影响，并以此作为判断一个人个性的衡量标准才对。

可是事实真的如此吗？

我有一个 O 型血的朋友，每次聚会开始前都是他先嚷着要买单请所有人吃饭。只不过他每次都待不到尾声，小高潮刚一过，他就有数不清的电话和短信要接要回，然后满脸忙碌的神色，豪爽地跟所有人道别，说一声不好意思必须得先离开，然后急匆匆地就中途告退，把请客吃饭的事情忘得干干净净。

还有一个 AB 型血的朋友，他从来不大张旗鼓地承诺别人他会去做什么事。但是很多人都晓得他的温柔善良，有人生病，他会默默地送去水果和煲汤；有人手紧，他会故意说最近银行账户出了点问题需要别人帮他保管现金一段时间；有人结婚，他送去的红包绝对不会是最大一份，可是新郎新娘整个婚礼最动人环节的影片视频，是他花了无数个通宵的时间，精心剪辑而成的。

那么 O 型血的人和 AB 型血的人，到底谁更慷慨，谁更自私呢？

我心里开始没底起来。

我们就是这样生活着的一些会走路、会说谎的生物，心口不一已经是家常便饭，现在就连血型的个性，也未必与我们自己的个性完全相同。

我是慷慨的 O 型血，其实我对于珍视的爱情很是自私。

那么你是否也曾检视过自己与身体里所有组成部分的对照关系？你的血型是否又与你的个性一脉相承？

好在我时时庆幸着，无论何时当你需要血液，我都会欣然送上，毫无怨言——

不管你是需要输血，还是只想要一饱口腹之欲。

曾经在小时候见血就晕的我

灯 光

亲爱的 Z 先生：

相对于一到晚上就只能寄身于黑暗中的各种动物而言，人类无疑要幸福得多。

人类发明了电灯，是代替太阳在夜晚发光的物体，让见面聊天、打牌、打架、买卖交易、写信读书、谈情说爱，等等，这些按照原始生理作息，被限定在白天进行的行为，在夜晚里也可以自由完成。

人类向来有着一旦接触了便利的事物，就无论如何也无法舍弃的奇怪依赖病，所以让人类现在失去电灯，那绝对不可能。

然而即使是电灯，对于人类而言也有着截然不同的潜在含义：

发出白光的日光灯，给人一种难以亲近的感觉；

发出炫彩的霓虹灯，给人一种醉生梦死的感觉；

发出三色的旋转灯，给人一种好想理发的感觉；

发出烛光的走马灯，给人一种回忆童年的感觉。

我很喜欢看各式各样的灯光，从路过的人家窗缝里，揣测这间房间里的人，此刻正怀着怎样的心情。

我也会很乐意为你留一盏灯，暖色调，15W，隐隐约约有瞌睡的朦胧。

那是守候的床头灯，让你夜深归家时脚趾不会踢到茶几。

然后脱掉外套，喝口水，安心就寝。

加班时刻抬头看着办公室日光灯的我

戴眼镜

亲爱的Z先生：

我很少戴眼镜，即便我的视力渐渐变差，我也不会刻意地去借助那些玻璃来弥补我被各种客观条件悄悄偷走的视力。

眼镜对于人类而言，是用一些架设在鼻梁上的额外道具，来提供本身人类就应当具备的视力功能，是让人类能更看清楚世界的工具，却也让别人看不太清楚自己的眼神，对某些人而言是必要的存在，但大多数的人都情愿它并不必要。

镜片本身必须扭曲，或者凹或者凸，所呈现出来的世界，却是相对的不扭曲，是眼前的豁然开朗。但是反过来说，正因为眼睛本身已经扭曲了，所以才需要用扭曲的镜片来进行矫正。

可是啊，扭曲的眼睛里所看到的朦胧的世界和被扭曲的镜片所矫正的世界，到底哪一个才更真实呢?

偶尔有些心血来潮的时候，我还是会戴上眼镜。

用来阻挡强烈阳光的太阳镜，以及，没有镜片只是用来做造型的空镜框。

不管戴上哪一副，我都会瞬间转换自己的世界观，开始以“戴着眼镜的自己”来重新看待这个世界。

不戴眼镜的我，看到的是没有拘束的世界。

戴上眼镜的我，看到的是被框住的世界。

会因为框架的存在与否而改变行为模式与思考方式，我这个人也真够奇怪的。

还好，不管我看到的是哪一个世界，我始终会爱上看到的，真实的你。

今天买了很多副眼镜的我

解 字

亲爱的 Z 先生：

我很喜欢的一个作家，写过一句很美丽的文字：

“来看‘诗’这个字。原来诗是语言的寺庙。”

于是我不由得觉得温暖起来，其实创造了汉字的古人们，留给我们太多太多的暗示和启发。

来看“语”这个字。原来是我在说话给你听。

来看“情”这个字。原来情是青涩的一种心事。

来看“想”这个字。原来我想你是请你相信我发自真心。

来看“吻”这个字。原来源自真情的吻不只是要耍嘴上功夫。

来看“婚”这个字。原来是女方昏头了才会想要嫁给男方。

还好我们都不是容易昏头的女生，理智又清醒的我们，才会认真地看待感情，看待人生，看待未来。

来看“吉”这个字。原来吉是有修养的人们时常挂在嘴边的由衷祈愿。

来看“明”这个字。你是太阳，我是月亮，两个带着光彩的人手拉手站在一起，原来关于我们的之后每一分每一秒，都没有黑暗，只有光亮。

正在剥荔枝手上都是汁液的我

等 人

亲爱的 Z 先生：

我不是很喜欢等人，正因为自己不喜欢，也就担心着别人等人等得同样心情不好，于是感同身受地总怕自己被人等——因果一循环下来，就变成通常都是我比约好的时间提前一些先到，再继续等着别人过来。

我等人最久的一次，那时还没开始流行手机与即时通讯，在联系不到别人的情况下，我在约好的地点整整待了八个小时没敢离开。

然而这还不算是特别厉害，我有一个朋友，为了等她的恋人回来而在火车站整整等了三天三夜，结果她的恋人在半路上心脏病发作而被送进了医院，脱离危险后才迟迟赶回。重逢的二人在火车站抱着哭了两个钟头。

难怪古人总说青山不改绿水长流，大侠与大侠约着共赴华山论剑，通常是先到的一方先在山脚找家客栈打尖住店，不慌不忙地待上数十天，等另一方到了再商议着何时动身上山，之前最要紧的是先把酒喝个够。

不是古人的生活节奏慢、个个好耐性，在没有电子邮件和手机短信的年代里，从不轻易承诺等人，一旦说好要等，就是一种赌上信誉的契约，从头到尾都是以十二个时辰作为基本单位的浪漫。

有时我们等人等得更长久。

比如好不容易遇见一个对的人，长相对味，脾性投缘，有一种“终于让我遇到你”的恍若隔世感，于是约莫觉着此前的十几二十载光阴都不过是一个等待的过程，总要遇上这个人才真的是“等到了”。

这样的遭遇常常会出现在亦舒或者席慕容的小说里，读起来隐约觉着有些浮夸和一厢情愿，但总能有人会产生共鸣，并会在接下来的爱情里，自动对号入座，越发觉着“等人论”才是爱情世界中的基本宪法。

其实我们的人生一直都在保持着一种“等人”的状态：

等到了真正的朋友，等到了授业的恩师，等到了称心的工作，等到了期盼的盛会，等到了贴己的爱人……

等啊等啊等，我们总是在等着一件又一件事物，有时等了几个月，有时就等了几十年。

只是我们总是担忧生命太过无聊乏味，所以在等待的过程中，我们便会没事找事地给自己安排一些其他的事务来分散精力，正因为整天都忙碌着了，于是就会很自然地觉得，我们的人生饱满又充实，绝非单纯为了等而等。

在等待中忙碌——这隐约是我听过的，既实在又浪漫的一种状态。反倒因此凸显出了等待的难能可贵，在“等到了”的那一瞬间尤为令人感动。

所以，在等待你到来的之前岁月里，我一直都让自己忙得不可开交。

逃回被窝里然后准备叛变到睡梦中的我

爱情创可贴

亲爱的 Z 先生：

手指被割破的时候，贴上一张创可贴，过几天伤口就会痊愈了。

但是镜子碎了、墙壁裂了、树枝断了、椅子折了，创可贴就一点都没用，甚至于，硬贴上去还会显得很难看。

所以创可贴的名字应该改一改，叫作“小伤口可用，仅限于有自愈能力的生物的创可贴”。

那么，如果是爱情出现了裂缝，创可贴又能有什么用呢？

也许我应该去发明一种“情感创可贴”，让受到情伤的人贴在胸口：当他不开心时，创可贴就会显示出“心碎”的标记；当他渐渐不那么难过时，创可贴就会显示出“心逐渐愈合”的标记；当他已经从上一段感情中振作起来，准备投身下一段感情时，创可贴就会显示出“活力的心在跳跃”的标记。

这样的一种创可贴，其实际效果不在于真的能治疗心病，而是在告诉别人，“我现在很难过，请你们来治愈我”。现在的人都太要面子，需要帮助时也很难向周围的朋友开口，情感创可贴的作用是帮这些人寻求朋友们的宽慰——能治愈情伤的，只有更多新鲜有生命力的感情。

在我给你准备好的药箱里，有各种各样的应急药品：阿司匹林、吗叮啉、绷带、消毒药水、幸福胃药、幸福伤风素……但就是没有情感创可贴。

别人也许会奇怪地问，为什么不准备好这个呢?

我就会奇怪地反问他，难道跟我在一起的时候，我还会让我爱的人心里受伤吗?

收拾行李准备去旅行的我

爵士乐

亲爱的 Z 先生：

我最喜欢的爵士乐，它其实本身并不是只是一种音乐形式，而是由布鲁斯、拉格泰姆、福音音乐等多种音乐形式混合而成的。

这样的融合其实稍微有点奇怪：布鲁斯是忧伤哀怨的，拉格泰姆是欢快诙谐的，福音音乐是祥和庄重的，不同的情感与不同的风格混合在一起，便诞生了听起来让人很是放松，并且演唱者可以融入大量即兴元素的爵士乐，可喜可悲，可急可缓，可风流可专情。

听起来多么像人生：只有将大量的悲欢离合、喜怒哀乐，放在同一口锅里翻炒，才可以烹调出一道名为“人生”的菜肴，吃起来味道浓厚，未必一定奢华精致，但一定吃起来风味家常。

听起来也很像是爱情：

邂逅的惊喜，相恋的甜蜜，争吵的麻辣，分手的苦涩，挚爱的美好……

缺少哪一个部分，爱情都会显得太过虚无不够真实——它应该有一点点梦幻的味道，但却是一个可以实现的梦，我们努力一点，就能实现。

因此，拥有一份美好的爱情，就像是在听一首美好的爵士乐。

我正在喝 Apple Martini（苹果马提尼鸡尾酒），听《my one and only love》，你会是哪一个段落？我会是哪一曲副歌？

微微有些醉意的我

硬 币

亲爱的Z先生：

硬币是一个我觉得很有趣的东西。

它通常代表的是一个国家货币中的最小面额，而它的材料成本往往可能比它所代表的面值更贵，它需要聚集起一大堆，才有可能与一张纸币的面额相等。

它是琐碎的事物，是钱包里最不受欢迎的承载物；它有时又不能或缺，自动贩卖机往往吃不下大钞；它会变得很重，当多枚硬币聚在一起的时候，就会成为随身携带的累赘与负担；它又会很精美别致，每一个国家的硬币上都浮现着太多的历史和故事。

我喜欢硬币的原因是它能给我带来安全感和满足感。

纸币存在银行，无论是存折上的油墨数字还是储蓄卡在ATM机上读取出来的屏幕数字，都只是一种“原来我拥有的钱是这么多啊”的概念提示。

硬币则是可以一枚一枚地塞进各种各样的存钱罐里的，由空变满，由少聚多，存钱罐的分量即使再沉，也会比钱包里零散着太多硬币要来得让人欣喜。

爱情也是需要一点一滴地去经营的。每一次细节上的精心投入，就是往名为“幸福”的存钱罐里塞进了一枚硬币。它不需要你随时带在身边让自己觉得颇有负累，它只是让你从自己的时间里挤出一部分来精妙地去感悟。

即使有人突然开了一张巨额支票给你，或者你打算用一纸婚姻证书来作为爱情的存折——那种用硬币累积起来的安全感和满足感，却是任何代表“幸福”的阔气形式都比不上的。

看着案头的哆啦A梦存钱罐在微笑的我

床头柜

亲爱的 Z 先生：

进入一个朋友的家里，我最感到好奇的家具，通常是他的床头柜。

床头柜是最靠近床的家具，是每个人睡前最后会接触到的储物空间，那些与“床”有关的事物，都会存放在床头柜里，比如闹钟，比如看到一半就哈欠连天的手机说明书，比如眼镜盒，比如保险套，比如恋人的照片，或者，被剪掉了脑袋的仇人的照片。

也会有人习惯把贵重物品放进床头柜里，这样即使在睡觉的时候来了小偷，他们也不太敢轻易去动主人脑袋旁边的床头柜里的东西（从某种意义上而言），这是一种心理层面的安全感在作用，因为当你不在家的时候，床头柜里存放着的黄金钻石，也不见得就比放在衣橱里来得安全。

我总是好奇那些朋友们会将什么东西放进床头柜里，我见到的最多的例子，除了眼镜盒就是保险套，稍微有创意一点的是用来放看到人想抓狂的各种公文，还有一个总是声称自己天生丽质每年都过 18 岁生日的人，他的柜子里塞满的是各种各样的护肤品与保养书。

透过床头柜里的事物，我们隐约可以猜到这个人睡前最有可能会做些什么，并且大致就能猜到这个人的私下里，会有着怎样的本色一面。

我去过一个男生的家里，他的床头柜最有趣。

他会每天傍晚去楼下的公园里走一遭，然后用一个塑料袋装满各种各样的落花花瓣或者树木叶子回来。

他将这些花瓣或者树叶，都塞进他的床头柜里去，然后关起来闷上一整天，等到第二天晚上睡觉的时候，他就会稍微把床头柜的抽屉拉出来一些，让那些被凝聚浓缩了一整天的花香叶香喷薄而出，顿时倾泻在床头周围，营造出一个无比接近大自然的睡眠环境，比人工香水要清新舒适得多。

他楼下的公园里种满了各种各样的植物，他每天必然按时带回来的这些花瓣树叶，一来帮助清洁工减少了不少工作量，二来又带给每晚的睡眠以不同的惊喜，有时是妩媚的桃花，有时是亲切的月季，有时是怀旧的枫叶，有时是坚忍的松针。

我曾问他为什么会想要这么做。

醒着的时候自己不一定能全权主宰快乐，至少睡着的时候，尽可能让自己开心点吧。

他在把一抽屉干掉的看不出是什么品种的花瓣倒进垃圾桶的时候，语气平和地回答我。

至于我的床头柜里会放置哪些东西？

有相机，有手机的充电器，有许多漂亮的胸针，有最近正在读的小说，有无糖薄荷糖。

香奈儿夫人把情书塞在2.55的夹层中，我则把它们搁在床头柜的抽屉里。

不管是手写的情书，还是打印出来的情书，我通常都会在睡前翻上两页，想想有哪些话还没说出来，猜猜喜欢的人读到它们会有怎样的心情——

然后我的梦一定就会变得很甜蜜。

打算把床头柜都塞满的我

下载形式

亲爱的 Z 先生：

熟悉上网的人对于下载这件事一定都不陌生。

比较常见的下载方式里，一旦遇到有太大的文件一时半会儿下载不完，在第二次打算继续下载该文件的时候，根据下载软件的功能差异，往往会出现两种可能：

一种是重头来过，顾名思义就是得耐着性子从最开始再下载一次。上一次浪费掉的时间，这一次继续多浪费一遍。

还有一种则显得人性化得多，它允许你保留之前已经下载好的部分，再从已经断掉的数据块开始，继续接着把后面的部分下载完。

这种技术叫作断点续传，是几乎所有网民都最欢迎的下载形式。

两个人的爱情交往过程中，也常常会出现暂时离别的情况：要么身处异地，要么貌合神离。等两个人分开了一段时间之后，突然又想要重新在一起了，感情就被置于一个很是微妙的位置上：想要完全重新开始，俨然不可能，毕竟两个人同时车祸失忆再重新爱上的几率，只有在撒狗血的韩剧里才会接近100%。

想要装作陷入热恋或者交往许久也有些困难，在相互分开的时间里，两个人的心境各有变化，并且去爱一个人的方式也可能都有所更改。

这个时候的两个人，一定很期望爱情也能断点续传。将重新开始的爱情，接续到上一次断掉的位置上，像是从来不曾分开过一样，继续将后面的故事演到底。

可是在爱情里真正能做到断点续传的情侣真是少之又少。

因为作为数据文件而言，爱情它不稳定，时而体积膨胀，时而质量剧减，你无法精确把握它今天是被解压缩了，还是存放它的网络空间已经过期失效了——断点续传需要的是稳定的数据记忆。

爱情它从来就不是个稳定的物质，谁又能确保它不会突然变异成病毒呢?

所以我如果不得不面临离别的境遇，那我对待爱情的方式也会选择看起来更合理的形式：

我会保持每天固定更新，而不是寄望于断点续传。

给苹果笔记本装了迅雷的我

我爱自行车

亲爱的 Z 先生：

我最喜欢的交通工具是自行车。

不需要担心燃料费，想骑就骑，想停就停，动力环保，驾驶空间开阔，在别人堵车的时候却能自由地穿行，最狭窄的巷子也能够钻进去，对锻炼身体也很有帮助。

但是我同时也觉得，自行车是一个有些悲伤的交通工具——前轮一直在跑，后轮一直在追。前轮怎么跑也跑不开后轮的视线，后轮怎么追也追不上前轮的轨迹。它们始终不曾相交。

年少的时候，我曾骑着一辆自行车，连续十个昼夜不曾改换其他交通工具，去了一个我从未听说过的地方。

那种感觉其实并不太好，我没有感受到任何所谓的青春冒险的喜悦，可见无论是电影还是小说，都很喜欢把一件枯燥的事情，给渲染得无比美好。

在独自一人休憩在路途中某个落脚点的夜里，我看着自行车的前轮和后轮，就会莫名地觉得很忧伤。

心想着，若这是彼此相爱的一对，又该如何的郁郁寡欢。

自行车的前轮和后轮总也到不了一起，所以坐在它们身上的两个人，才必须要靠的更近，来拉近轨迹与轨迹之间的距离。

这样看起来的话，整个图形是一个很有趣的三角形：

两个车轮之间一条横线，骑车的人和坐在后座的人紧紧依偎则是两条向上延伸的线条，最上方交接的顶点，可能是爱情，也可能是梦想。

现在我自己很少一个人骑自行车出远门了。

一来是怕为前轮和后轮的关系感到悲伤，二来是我总是找不到能够构成三角形的另一条腰线。

也许是直角三角形，也许是等腰三角形，最珍奇的也许是等边三角形——

若你在半路上笑着冲我挥挥手，我或许会愿意把车停在一边，跟你手牵手一直走下去。

无须考虑图形形状的感情，才会更让人感到自由自在。

至于年少那次冒险的结局：我坐着汽车回到了家里，只花了不到七个小时的时间。

十个昼夜被浓缩成七个小时——或许我们的青春里，都有太多过分铺张浪费的事物，需要好好地浓缩提炼一下呢！

一直都很喜欢斯特拉 EVO 909 的我

打麻将

亲爱的 Z 先生：

我的父母很喜欢打麻将。稀里哗啦地推倒，噼里啪啦地重砌，出牌时可以聊聊家长里短，和牌后交流一下时鲜菜价，一坐就能坐好几个小时，往往有人奋战通宵依然觉得意犹未尽。

我从小就认为这是一个很有趣的游戏，抓牌时全赌一口运气，排成围墙却不是为了保护自己，而是想要如何凑成各种各样的花色，然后爽快地一下子推翻，赢光对手三家的钱。

我总是觉得那种把牌一口气推翻的动作很帅气，带着不可一世的笑容，仿佛真的攻下了蜀汉东吴的大本营，然后从容地看着其余三家要么愤恨、要么惋惜、要么不悦的神色，将钞票与硬币从他们手中接过，然后收拾一下略显兴奋的心情，继续作战。

一场麻将是喜怒哀乐的起承转合全过程，很少有人能从开局一直笑到最后，但也真的有人能从东风圈一直衰到北风圈，即便是至亲好友坐上了牌局，也难免需要彼此钩心斗角一番。所以说麻将就是人生的浓缩，经历完一场牌局，等于将人类的基本情绪全过了一遭，赢了还想赢，输了更希望下一次能赢，有些时候我甚至觉得那些上了瘾的赌徒在某种程度上是令我敬畏的。

倘若一场麻将就是一场人生，那么那些不断从失败的人生里爬起来，希望在下一段人生里可以活得像样的赌徒们，俨然带着点涅槃的气势，打出红中白皮清一色的时候，他们就已然已经获得了复活所需的火焰。

爱情也可以比作一场麻将牌局，你的对手往往会是你爱的人、爱你的人和将要陪伴你度过一生的人：

得意的人可以赢光三家。没那么厉害的人，也就只能择一赢之，另外两家勉强自保。但更多的人运气较差，赌输一场又一场，有些人索性放弃，有些人不断涅槃。

我是那么的希望看到每一个人都可以帅气地把麻将拼成的围墙全推倒，然后接过三家认输地递过来的钱，继续意气风发地打算去赢下一场。

事实却是，麻将桌上没有永远的赢家。那些情圣，全是老千。

如果一输再输，我的建议是：何必非赢不可？只输给那个你一心想要赢的人，未尝不是反过来的幸福。

如果是我与你对局，我不会将你邀请到有着太多竞争对手的麻将桌上。

我会选一桌棋局，一对一地将我俩双方的车马象卒全拼光，然后在一个让人期待的时机，把我的王，移到你的王面前，微笑着对你说一声：

将军。

正抱着电脑托着腮看妈妈打牌的我

红黄绿灯

亲爱的Z先生：

红绿灯其实不是只有红灯和绿灯，用来警示司机放慢车速的黄灯也很重要。

它是“通知车辆可以通行”的绿，与“禁止车辆继续前进”的红灯之间的缓冲提示。是一个不可缺少的过渡过程，从绿灯突然跳到红灯总会引来太多危险的急刹车，司机不是特种部队，没必要拿行人的安全来考验他们的反射神经。

但是我们习惯了每天只把“红绿灯”挂在嘴边，从来也不刻意去提到黄灯的存在位置，这样长时间的习以为常，会不会让黄灯觉得很寂寞？

爱情也不只是我和你。

爱情其实是将两个人的世界进行拼合的一个过程，这其中必然有我的交友圈子，以及你的交友圈子。

一起出去玩时有人会陪同做伴，发生争吵时也会有人参与调停，帮这个朋友过生日，替那个朋友送探病果篮，爱情中必须掺杂着的人，远远比想象中还要多很多。

但是很多人都习惯了将爱情只看做是两个人彼此甘愿的事，忽略了更多参与进去的成员的存在，所谓的“爱情”会不会显得有些单薄？

红绿灯里的黄灯很重要。

爱情里的参与者同样不可或缺。

为了安全，我们要同时关注红黄绿。

为了幸福，我们要全部呵护那些珍贵的亲人友人。

正在翻看一本汽车杂志的我

AA 制

亲爱的 Z 先生：

跟朋友或者不太熟的人吃饭，AA 制是一个很容易被大多数人接受的付账形式。

不过中餐和西餐的 AA 制，隐隐约约又有些不太相似：

西餐比较简单明了，各自付各自点的食物的钱，你的汉堡，我的沙拉，他的浓汤，一看账单就晓得谁该出几美金，谁还多加了一杯啤酒不要忘记付钱。

中餐则稍微有些暧昧难明：三杯鸡，葱烤鲱鱼，鲜肉锅贴，清炒芥蓝，西红柿打卤面，酱油炒饭……混在一起大家都伸筷子，有的人食量大，有的人只吃一点点，有的人可能不喜欢九层塔的味道，于是索性连三杯鸡整道菜都略过——等到付账的时候，谁也算不好究竟谁吃了几口鱼谁又多分了几勺炒饭，于是将总金额除以人头数，所有人一起平摊。

爱情也应该有着 AA 制的属性，各人为各人的独立空间负责，平等而且自由。

爱情又最好是吃中餐式的 AA 制：不计较谁多吃谁少吃，我包容你一点，你不因占便宜而窃喜，是一种心理上的公平，相处中的和睦。

我食量不算小，所以吃中餐 AA 制付钱的时候，我总是提出整数平摊，零头算我的。

但若与你同吃爱情料理，我可能会常常抢着去买单。

不是为了要强充面子，而是只想告诉你，我愿意包容你的全部。

刚刚跟朋友吃完台湾菜的我

妖精的悲哀

亲爱的 Z 先生：

小时候总爱看一些神怪片，白骨精要吃唐三藏，许仙爱上了白娘娘，小沉香欲救三圣母，济公就是个癫和尚。

在这些片子里，人类不是重要角色，那些或恐怖，或妩媚，或邪恶，或善良的妖精才值得一看。甚至于，最精彩、最让人期待的场面，始终都是妖精们打算全力战斗或者被神仙降伏时，就地一滚，露出原形的那些瞬间。

是临时从农场借来的奶牛也好，是从《动物世界》里剪辑出来的老虎片段也罢，又或者只是临时借调来的地方分局警犬——但电视机前的我还是宽容地认为，它向来坚定不移地跟随着二郎神。

妖精们装得再怎么像人，它们也还是有着它们原本的模样的。

神怪片看得多了，也就渐渐明白了妖精们的辛苦。不修炼个几百年，它们无法成精；不积累个千年法力，它们没办法化作人形，混入人群。

于是我渐渐地觉得，妖精们最可悲的事情是当她们变幻太久人形，会不会连自己的原形都忘了：蛇精忘了怎么游动，狐狸精忘了怎么摇尾巴，蜘蛛精索性连结网都忘了，只顾着躺在席梦思上翻来覆去。

妖精想要变成人，需要千万个日夜的不断练习。

人类想要禽兽不如，一秒钟都不用，泯灭人性就能办到了。

所以现在我通常都会很同情妖精们，每每都希望孙大圣棒下留情。

它们为了成人，已经太过辛苦。变幻成人，又忘了原本的模样。它们目的明确，没有退路，与其杀了这般执着的它们，还不如一棒子敲扁那些沦丧道德的人。

爱情也需要长久修炼才能有所结果。

但愿大家都是妖精，熬了漫长的时间终于有了人形。

然后以人类的形态紧紧拥抱，忘了当初如何交尾。

在温习《青蛇》的我

填词谱曲

亲爱的 Z 先生：

所谓的歌曲呢，是要有歌词，还要有曲调，合二为一才能称为成品的。

先有曲调的话，就得有人来创作歌词，让它能够被人唱出含义来，而不是只有难以意会言传的哼哼，我们通常称之为“填词”。

先有歌词的话，必须找到人来谱写曲调，让歌词不至于只能落寞成形似诗词的段落文字，我们通常称之为“谱曲”。

不管是“填词”也好，还是“谱曲”也罢，只有二者结合了，才能真正形成一首歌曲，让唱的人欢欣鼓舞，让听的人感动落泪，形神合一看各位领悟者的本事。

除了那些号称才华横溢的创作型歌手之外，我们所听到的大多数的歌曲，填词人和谱曲者通常都不是一个人，这就颇有些趣味值得推敲：

缠绵的《红豆》，柳重言写的曲调柔情婉约，林夕写的歌词却恰好能明白那种于一起颤抖中明白温柔的微妙感受；

美丽的《When You Say Nothing At All》，Paul

Overstreet 与 Don Schlitz 不约而同地都将想要表现的那种水晶般的清澈心情灌溉其中；

悠远的《逢いたくていま》，MISIA 的词细腻真挚，Jun Sasaki 的曲荡气回肠，融合在一起就是感人肺腑的听觉体验。

明明是不同的两个人，却能彼此知晓对方的心想感念，这种与情感上交流的默契，固然是比那些凑合着生活在一起许多年的夫妻，更要令人浮想联翩的。

填词人与谱曲者，在融合出歌曲的那些时光里，他们或许曾经是在假想中，知心、结拜、认亲，甚至相爱过的。

如今我也在用我所拥有的时光来写词了，每一段歌词都是因为思念而诞生于指尖下。若你的时光已经成曲，我自然乐意去填词，在剩下的岁月里反复吟回。

你是谱曲者，我是填词人，我们所希望创作的东西，都是对方缺少的光阴。

开始听新专辑的我

作者很单纯

亲爱的 Z 先生：

读蒲松龄的《聊斋志异》，神啊鬼啊的闹来闹去很热闹。读完之后看学者点评，说书里的多数故事通过谈狐说鬼的手法对当时社会的腐败、黑暗进行了有力批判，在一定程度上揭露了社会矛盾，表达了人民的愿望。

读曹雪芹的《红楼梦》，痴男怨女的爱恨纠结很精彩。读完之后看专家分析，说书中以贾、史、王、薛四大家族为背景，以贾宝玉、林黛玉爱情悲剧为主线，着重描写荣、宁两府由盛到衰的过程。全面地描写封建社会末世的人情世态及种种无法调和的矛盾。

读柳三变的《乐章集》，悲怨之词和闺帷之语很脂粉。读完之后看学术研究，说词集中许多篇章用凄切的曲调唱出了盛世中部分落魄文人的痛苦，是作者心中苦闷的真实写照，也是对当时社会歪风邪气的变相控诉。

如果不是这些厉害的学者专家们钻研如此透彻，当时刚刚接触这些小说诗词的我，一定读不出那些充满趣味和吸引力的文字背后所隐藏着的真实内涵。

然而当我的一些文字，有时也被我的读者们品尝出了一些我自己都浑然不觉的“内在真意”的时候，我就不禁会想起我曾读过的那些书——

会不会其实那些文人作家，只是单纯地想写风月、聊鬼怪，然后八卦一下哪位员外府上的丫鬟被潜规则了呢?

正如我们的爱情，也许没有那些别人理解出来的伟大含义，描述起来本质很单纯。

我爱你。你爱我。仅此而已。

有时会沉迷于古典文学中的我

否定肯定器

亲爱的 Z 先生：

世界上最喜欢用否定的动作来示人的是电风扇。

不管是落地扇还是挂墙扇，只要按下相应的按钮，它们就开始从左摇到右，再从右摇回左，不停地摇头。

但是它们用否定的动作所进行着的行为，却是带给人类舒爽的凉风这种具有肯定意义的事情。

世界上最喜欢用肯定的动作来示人的，是打桩机。

确定好位置，接通电源，打桩机就开始对准路面，上上下下地仿若人类点头似地工作着。

然而它们用肯定的动作所进行着的行为，确是对原有地面进行重新改造这种否定固有结构的事情。

世界上最喜欢用不是否定，也不是肯定的动作来示人的，是我们自己。

被一个完全没感觉但是很有钱的人问到是不是喜欢他，我们中的很多人，回答的通常会是：我也不知道呢……

被一个发生了关系但是不打算长相厮守的人问到愿不愿意跟他在一起，我们中的很多人，也会往往回答这么一句：就顺其自然地发展下去吧!

被一个相处了很久但是并不算爱到骨髓里去的人问到究竟如何看待他，我们中的很多人，答案有时会是：不喜欢但也不讨厌呢。

在两个人决定过家常日子时，我欣赏的人应该像电风扇：

摇着头说“你啊，这种家务活还真是不擅长”，然后认真地从你手中接过扫帚扫地，抢过脏碗去洗。

当爱情遇到了不能回避的现实困难时，我欣赏的人应该像打桩机：

点着头说“我们一定可以熬过去”，然后否定一切可能形成的阻碍，破坏一切不利于爱情进展的妨害。

爱情，随后坚定。

加班的时候会盯着电风扇发呆的我

恋爱遇到鬼

亲爱的 Z 先生：

谈恋爱跟遇到鬼是差不多的事：它们都看不见，但是扑过来的时候又通常会让人察觉得到。

有些人总是不肯放弃地到处寻找真爱，绝大多数的人一辈子都碰不到鬼。

偶尔有单相思一厢情愿自以为邂逅了真爱的例子，那种癫狂痴迷的表现在旁人眼中看来毫无疑问就像是鬼附身。

也会有被人反过来狂追不舍纠缠不清的时候，正如会有人一直想办法请道士做法驱鬼。

终于两情相悦开花结果，长相厮守的句号往往是一起走入坟墓，似乎就像是鬼抓住了人，恐怖片的结局通常都是玉石俱焚，贴上符咒，双双钉进棺材里。

活人常说：爱死你。

死鬼老喊：拿命来。

所以贞子因为一个男人而被推入枯井，化成恶灵在人家四处索命，最后还要转生复活去作乱天下。

仔细看看的话，这其实不是一个恐怖故事，而是一出爱情故事。

那么一直愉快地谈着恋爱的我，又会有怎样的凶险感受呢：

真见鬼，我竟然爱上了你!

我总是这么说。

嘴上说不怕其实还是有点怕鬼的我

小团圆

亲爱的Z先生：

我喜欢的一位作家，张爱玲，在她的一本小说里写道：

雨声潺潺，像住在溪边。宁愿每天下雨，以为你是因为下雨不来。

这是一种自我宽慰，却又带着一点埋怨的心情，是只有恋爱中的人才会产生的烦恼。员工不会对老板抱有这样的痴意，普通朋友之间也无须如此渴望相见，陌生人更不会，涉谷少女从来都不会烦恼因为下雨而吸引不到电车痴汉。

我很喜欢这样的一种描述方式，听起来有趣，想着也觉得生动，尤其当我身处在一个五六月总是多雨的城市里的时候，我就更喜欢去临摹张爱玲所说的这种心情，未必一定要有对象，但即使是那一刻有快递员来按我的门铃，我都会自我表演出一种惊喜的状态。

这本小说叫作《小团圆》。因为故事的结局并不是大多数人常规意识里，会去接受的大团圆结局，但隐隐地又为每个角色安排了各自的归属，所以张爱玲才称之为“小团圆”。

人生能遇到几次大团圆？能有小团圆其实就已属不易。

我所认为的“团圆”，与张爱玲的想法有相似，也有出入：

亲人团聚吃年夜饭，是团圆。但平时久散的亲人之间，难免会有生活习惯的出入与思维方式的迥异，包饺子时偶尔会因为琐事争吵，从饺子馅儿的咸淡直至发展到对遗产的瓜分，是团圆里的不圆满。

爱人终于结婚，是团圆。但婚后生活的日趋平淡，终会冲散热恋时的种种激情，直到柴米油盐酱醋茶的诸多话题完全取代了对于某一部爱情电影的讨论，该出轨的出轨，该俗气的俗气，是团圆里的不美满。

梦想到了实现的那天，是团圆。但生平最大的梦想一旦被实现后，就总觉得这之后就缺少了之前的生活热情。即使再仓促地确立了新的梦想，也都少了分最初的雄心壮志与满腹激昂，是团圆里的不和满。

人生难得有完美无缺的大团圆，留点缺憾才沾染上了真正的人情世故，否则那是过于理想的境界，是神仙才勉强能办到的事情。

总有人会好奇地询问我与你之间的关系，被问到最频繁的问题，无非就是：你们总也见不到，难道不觉得很辛苦吗？

每到这个时候，我就会很有耐心地微笑着回答他：

生命里终于找到了值得你用心去爱的人，是团圆。

正因为人生难得大团圆，所以我们不能常常相见，也就成了必须具备的遗憾。

这样我们的爱情才真实，才是富有人情味的小团圆。

所以啊，相爱但是不能相见，我其实已经很满足于这种小团圆了。

躺在床上听着雨声与鸟鸣的我

悄悄地成长

亲爱的 Z 先生：

在我上海的住所门口，有一条小路。

路是老路，但铺着新的砖，两侧是不高的围墙，左边护着一片民居，右边是领事馆的所属，被石灰涂出了沧桑感的墙面顶端，能看到郁郁葱葱的绿色从老式电网里蔓延出来，经雨水一浇就更显得饱和度被调高了一样，绿得让人赞叹。

我时常在这条小路上往返，在拉着西红柿的三轮车经过时，我会靠着墙边等待通过，有私家车一前一后进来，前面的忽然想调头，后边的又退不出去，往往就行成僵局，脾气不好的司机会跳下来对骂。有时碰到中午出门，从围墙后面的窗户里钻出红烧排骨的香气，加了上海本地偏甜的酱油，味道比香奈儿的 5 号香水更好闻。

最近是雨季黄梅天，每天都在勤奋地下雨，有时淅淅沥沥一整天，有时泼泼洒洒几小时，空气的湿度很大，衣柜里打开都是一股扑面的潮气，深色的裤子叠着放在角落里，拿出来一抖开，裤脚上常常覆着一层白色的霉。

我还是常常行走在门口的小路上。今天却突然发现，路两旁的排水沟里，是被一片深青的绿苔盖满了。依稀中记得刚搬来这里时，两条小沟都还是灰头土脸的水泥白，如今却绿得有一种踩上去必然滑腻的感觉。

我有些愕然，因为绿苔生长到如今的景象，必然不是一夜的工夫，然而日日行走在这条小路上的我，却从未察觉到它们作为“生命”所做出的努力。

所以啊，我只想说，有很多事物是在被我们忽视的时候悄悄成长，等到我们惊然察觉时，它们已经存在得理所当然了。

比如，日久生情的爱情。

很想用阳光好好晒干衣服的我

天气预报

亲爱的Z先生：

面相、手相是根据你的表情纹路高低深浅、掌心纹路正偏走向，凭借多个案例的综合状况，来对你的事业、爱情、寿命、财运做推测。

星座塔罗是根据你的出生时辰的天文、抽牌当时产生几率，拉来大量的旁人例证总结，来对你的过去人生做总结，再对你的未来境遇做预言。

天气预报是根据当时阶段的空气湿度、卫星云图、温度变化，依照过去的气象变化记录，来对即将到来的天气状况做出大致的预估。

从某种角度来看，天气预报与算命测字的性质差不多，只不过前者是人算人，后者是人算天。

相比起来，似乎天气预报还要不可靠一些才对。

我有时会被过路的半仙拦截住，硬要抓着我的手、抚住我的头，仔细端详个半天。

然后再意味很明显地告诉我，爱情将会如何如何，事业将会如何如何，健康将会如何如何。

我有时也会在无聊中频繁地换着电视节目频道，常常就看到有笑容很阴晴不定的女主播，指着背后的气象动画，煞有介事地推荐别人明天适不适合出游，能不能够洗车。

我有时会很乐于贡献几张钞票，换来几句听起来没那么靠谱的，类似于“你的爱情必将一帆风顺，修成正果”之类的好话。

但我总是不太爱听到“明天大部分多云，午后可能雷阵雨”之类的天气预报。

人也许可以算人，但未必总能算得准天。

我可以现时决定主动爱你，但不能此刻保证明天撑伞出门。

多云转晴，东南风三到四级，最高气温28℃，最低气温21℃。

爱你指数是，五级。适宜长期相爱。

看着天气预报就很爱打哈欠的我

八杯水

亲爱的Z先生：

据说一个成年人身体构成的80%都是水，每个成年人每天最好是要饮用8杯水。

这个有关健康的倡议其实很含糊，“8杯水”标出了数量，但没有说明器皿。杯是要多大的杯子？喝清酒的小杯，就算喝上20杯也未必感觉解渴；喝啤酒的大口杯，喝两杯就觉得饱腹胀肚。

就好像爱情专家总是建议那些对于婚姻抱有向往或者恐慌的人，最好先谈上两次恋爱再去考虑结婚一样：

跟什么样的人谈恋爱？

每次是多长时间？

恋爱的质量要如何判断？

以及，你要多爱对方，对方要多爱你？

我现在每天尽量保持着喝8杯水的习惯，以我常用的饮水杯作为器皿，总量大约超过健康组织后来追加的1200毫升的规定。

但是我又渐渐发现了这个倡议的新漏洞：8杯水到底该什么时间喝才合适？上午4杯，下午4杯？还是上午3杯，下午3杯，晚上 2 杯？

又或者是白天只喝一杯，赶在午夜零点快到第二天前一分钟，再一口气灌下去 7 杯水？

这不是在无中生有挑瑕疵，而是我必须要认真考虑清楚我的行事原则是否有根有据，有条有理：

正如我每天会想你三次，我自己定的限制是，起床后，下午喝咖啡时，晚上一个人思考中，能想念你多久，就想念你多久。

在飞机上等待起飞等了两个小时的我

坏脾气

亲爱的 Z 先生：

老实说，我不是一个脾气很好的人，虽然我总是会习惯性地在陌生人面前装出一副很谦逊有礼的样子，让人留下“这个人很好相处”的第一印象。但事实上，我的脾气有点差，甚至可以说是，糟糕。

这种糟糕的坏脾气，通常表现在：

看到朋友被欺负的时候，我会大声地斥责那个给朋友带来麻烦的人；

玩游戏超过两个小时依然没有什么实质的进展，我会愤怒地摔掉手柄对开发变态游戏的厂商嗤之以鼻；

很讨厌约会的人迟到，如果对方经常性地迟到超过半个小时，我的脸色就不会太好看；

对于出尔反尔的人极度没耐性，而且一旦对方变卦次数多了，就不愿再深交下去；

严重不喜欢在休假的时候被工作打扰，认为无论情况如何，一是没有正确处理工作进度、安排工作时间的对方需要反省；二是倘若没有充足的休息，就不会有良好的工作效率。

对我依然感觉陌生的人，通常会觉得我很好、很温和、很有礼貌，基本上是一个相处起来让人愉快的好人。

但是很熟悉我的人，就会晓得我往往缺乏耐性并且时常多管闲事、打抱不平，有时甚至有点龟毛难搞。

综上所述，可以得出的结论有两点：

1. 我没有表面上看起来的那么温驯；

2. 我似乎，只对亲密的人发脾气。

这是因为我对于亲密的人没有戒备心，也完全不需要去伪装出一副太过完美的样子，自由自在地想说什么就说什么，悠闲欢悦的想做什么就做什么。

喜欢我的人，不会计较我的任性，也会包容我的缺点。相反，我也同样吸纳了他们的缺点，让他们可以活得很自在。

还有很重要的一点，我会觉得我喜欢的人，会听得进去我虽然挑剔，但未必是苛刻的斥责。

比如我会很生气地告诉你，连续熬夜加班只吃三明治喝咖啡，是让我无法容忍的事情。

有时我对你发脾气，是我在间接地告诉你：你对我来说很重要，我希望跟你可以很亲密。

吃杨梅酸到皱眉头的我

电 池

亲爱的 Z 先生：

电池。

电池有两种：

一种是预先蓄满了电，接上电器使用，慢慢地释放电力。等到电空了，它也就没用了，需要投到专门的区域里回收。

还有一种寿命要长一些。蓄满的电会逐渐放空，之后还可以再次蓄电，重复使用，循环充放。

后者听起来似乎要更讨喜一些，但是充电的过程通常漫长，人们不是等不及先找了别的电池来临时替补，就是早已准备好许多组充电电池，轮流上阵。

倘若将电池比作爱人，你会希望身边陪伴的是哪一种？

是一见钟情地爱上，爱完立刻一拍两散各奔前程，爽快干脆的一次性电池；

还是也许可以长伴身边，但总是要不断给双方一个冷静下来的时间，空档期间只能寻找其他应急替补的充电电池呢？

你问我是哪种？

唔……我想我应该是可以随时充电、随时放电，偶尔也会遭遇连日阴雨，但也还是能从周遭的各种光源身上吸收能量的太阳能电池吧。

总是觉得“金霸王”这个名字很妙的我

国家印象

亲爱的 Z 先生：

日本人对于中国的印象，通常只有这么几种事物：

熊猫。长城。三国。麻婆豆腐。

其实我们中国人对于外国的印象，也都是差不多的简单：

一提到法国，就只会想到埃菲尔铁塔、香奈儿时装。一提到英国，就第一时间浮现起贝克汉姆的脸蛋和哈利波特的传奇。一提到意大利，满脑子就都充斥着叫作比萨的斜塔，以及叫作比萨的馅饼。

不是因为这些国家没有特色，而是因为这些事物都太出色，出色到最容易被人了解，也终于成了这些国家的代表。

我也在努力地让自己更出色——不是为了让别人觉得我出色，而是为了让你觉得我出色。

出色到最终在你心目中的地位无可比拟，让你一提到北京，就会想到故宫、王府井、我；让你一提到上海，就会想到外滩、黄浦江、我。

正如我一提到纽约，就会想到上东区、自由女神、你。

正在北京和上海努力奋斗的我

遗 言

亲爱的Z先生：

遗言，就是死前最后说的话。有的精短，有的冗长，因人而异。

我见识过很多糟糕电视剧里设置的煽情桥段，精神亢奋的病人，说着底气十足并且形容词极尽肉麻之能事的遗言。

遗言内容也许跟遗产分配有关（之后必然出现长子篡改遗言侵吞次子遗产的剧情），也许跟爱情悲催有关（早逝的恋人引发了伴侣的终生独身或者人鬼再续缘），也许跟政治信仰有关（交完剩下的党费或者让他人别管，自己先救他人总是很能让人有所触动），类似的遗言，听起来总有些不真实。

比如琼瑶的一本叫作《失火的天堂》的小说里，女主角在死前就写下了读起来很有意境的遗言："当美丽不再美丽，当诗意不再诗意，当幸福已像火花般闪过，当未来只剩下丑陋空虚，那就只有安详地睡去，切莫为生命的终止而叹息，更无须为死亡而悲泣，生命的无奈是深沉的悲剧。让一切静止，静止，静止，结束悲剧才是永恒的美丽。"总共107个字，若不提前写好，临死前恐怕很难真的有力气全说完。

我太祖父的遗言，很简短，是一个“好”字。

他似乎很满意自己纵然平凡但已经足够充实的一生。用一个“好”字做总结，觉得没有什么遗憾，是对自己人生的认可。

我祖父的遗言，同样简短，是一个“唉”字。

他对于临终前无法见到我这个他最疼爱的孙子感到略略失望，有些不甘心但又无可奈何，确实没有力气再多撑一时半会儿，叹了口气，只好苦楚地离去。

遗言想说些什么，或者说多少字，全由当事人自己决定。我不反感长篇大论的遗言，也不讨厌言简意赅的遗言，但我总是不太喜欢那些戛然而止的遗言。

像是躺在武林豪杰怀中，刚说出“凶手是……”或者“秘籍就在……”，就立刻七窍流血命丧黄泉的故事。

遗言是如此的让人印象深刻，很可能比你今生说出的任何一句话，都要让人记得更久。

所以我有时会想要仔细斟酌一下我的遗言，该说什么内容，总共说多少字才最合适。

最近的念头很简单，仅仅只是想要抒发内心感慨：

请遵从我的遗言，活得尽可能久一些。

15 个字，你应该不会觉得太啰唆。

犹豫着要不要去看电影的我

酿 酒

亲爱的Z先生：

酒是一种很神奇的东西。它除了拥有不同的风味之外，还能让人喝得醉意酣畅，乐而忘形。

最重要的是，酒从来都不是一种单纯的液体。

它是一种活的饮料，每一滴都是生命力量的浓缩。

酿酒的过程中，工人很努力，认真地计算时辰，把握配料量，讲究每一个过程和步骤的循序渐进。

但是在我们看不见的地方，那些微生物和酵母菌们正在更勤奋地忙碌着，将淀粉分解成糖类，再把糖分变成酒精，这些都是人力不可及的工作，人类充其量只是提供更舒服的环境，像是出租了安逸的办公室一样，让微生物与酵母菌们卖力地交出好酒作为租金。

每一滴酒，都有无数细小到肉眼无法察觉的生命在活动，流动着的液体都是满满的活力。

我每次喝酒，都会抱着近乎神圣的情感。

将生命的力量喝下去，然后感觉一种灼烧感在身体里翻腾，然后我也许会烂醉如泥，那是放纵无数生命暂时霸占我的躯壳，任其恣意放荡。

有时我会想，醉酒的人之所以会判若两人，会不会是因为酒里的生命太过活跃，以至于被这股生命力给占据了肉身，自己已经不是自己了呢?

我想为自己爱的人酿一杯酒。

大张旗鼓地劳作着，让你看得到我的真诚与勤恳。

直到你一饮而尽，芳香入喉，你才能从那蓬勃的酒劲中感受到，那些分解和发酵过程中，不用特别说明却也察觉不到的，来自于爱情的生命力。

好酒如长情，少饮愉快，久饮成瘾。

爱到昏头时，恰似醉意酩酊。

周末喝酒喝到意气风发的我

泪成海

亲爱的Z先生：

水是会蒸发的。

所以大多数成分为水的眼泪，自然也是会蒸发的。

泪化作水蒸气，渐渐浮上高空。水蒸气越积越多就成了云。

我有时候在想，一个人的眼泪所蒸发变成的水蒸气实在有限。那么千千万万个人的眼泪加起来呢？千万年来每个时代里的人们的眼泪加起来呢？

那些千万年来痴情人的眼泪，汇集成了雷暴肆虐的雨云，下降于海面上又成汪洋。海与泪混在一起，都是相同的咸淡滋味，似乎令人隐隐地觉得所有为爱而哭、为情而哭、为悲伤而哭、为快乐而哭的眼泪是可以造出海洋来的。

所以说，海即是泪，泪便是海。

我到过很多不同的海。

坐船航行在海面上的时候，浪花偶尔会打湿我的衣襟。

我于是便会出神地想：

在无尽的大海里，究竟哪一滴海水曾经是我的眼泪？它们又曾经因为谁，从我的体内变化到了海里？

但愿在今后的爱情中，我只造的出“幸福海”，再不酝酿“悲伤海”。

赞同有时哭泣也是一种舒解压力方式的我

婚姻了不起

亲爱的 Z 先生：

现在还是想回头说说婚姻这件事。

婚姻真的是一件比我们大多数人想象的还要更伟大的事情。因为在“婚姻”这个以法律来确定两个人关系的过程中，要持续时间最长的一种状态，不是共生，而是包容。

在现实生活中，我们时常需要动用到“包容”，这么一种与自己喜好相悖但又不得不忍耐下去的情绪。

婚姻过程中的包容，比任何其他场合里动用到的包容都要更绵长和强大。

你讨厌一个同事的咋咋呼呼，可以在办公室用温和的态度包容他，下班再找朋友抱怨一通就好。

你反感一个客户的做事琐碎，可以在会议上用恭敬的态度包容他，事后随便找个枕头当成是他一顿乱打。

你憎恶一个游客的粗鲁野蛮，可以在观光地用客气的态度包容他，心里暗暗骂几句就过去了，反正他始终与你无关。

婚姻全然不是这么简单：

你要包容他的暴躁脾气，包容他的抽烟酗酒，包容他的臭袜子，包容他的厕所一上半个钟头，包容他的鼾声，包容他的爱吃猪下水，包容他古怪的价值观和社会论。

换作对方，也是如此：

你要包容她的爱买名牌，包容她的婆婆妈妈，包容她的爱聊八卦，包容她的香水味，包容她的多愁善感、爱嫉妒，包容她的青春逝去不再美丽。

一旦决定包容，就要包容全部。在一起生活的两个人，要彼此包容对方所有与自己全然不同的东西。要每天包容，包容了漫长的时间，还要用法律来证明这种包容的合法性，偶有争吵，但还是睡在一床被子里。

听多了“我爱你直到天长地久，海枯石烂”诸如此类的誓言。

直到听到一个人对另一个人说：“我愿包容你的所有别人不打算包容的个人习惯”，我才感受到了婚姻的伟大。

你爱这个人有多深，就看你对他愿意给出多少包容。

觉得能够维持一段美好的婚姻真是件了不起的事情的我

星 期

亲爱的 Z 先生：

人们喜爱用“星期”的概念去定义自己整个人生的时间。

大部分成年人的正常生活时间安排是，周一到周五上班，周六和周日休息。

大部分没有进入社会的孩子的时间安排是，周一到周五上课，周六和周日休息，或者补习。

也还会有一些人每天天亮外出务农，天黑回家休憩。他们没有固定的上班时间和休息时间，但“星期”的概念对他们来说，依然是存在的。

他们会记得某某电视剧是周三晚上 8 点播，某某相亲主题的综艺节目是周六晚上 9 点播，但他们一定不会习惯记得，8 月 21 日晚上 10 点播什么，也一定不会跟别人说，9 月 17 日的午餐我吃了馒头就腌笋尖配青椒炒鸡蛋。

因此我也就习惯了用“星期”来定义我的时间。

从一个星期到另一个星期。拥有许多个星期一，拥有许多个星期六，在星期三出生，死于星期五。

人生就是从一个星期开始，到另一个星期结束。

爱情因此也可以用“星期”来定义：

精确不到我将会爱你爱到哪一年的几月几号，但起码可以承诺，我会尽可能多爱你几个星期。

星期日爱你，星期一爱你，星期二爱你，星期三爱你，星期四爱你，星期五爱你，星期六爱你。

我们的爱，自星期一开始。然后，每个星期，不断重复。

又将迎来一个忙碌的星期的我

过去的恋人

亲爱的 Z 先生：

恋爱中的人，难免会被恋人问到一个相似的问题：

你上一任恋人，是怎样的人？

如果彼此都是很美好的初恋，这样的问题用一句“没有曾经的恋人，你是我的唯一”，就可以皆大欢喜地应付掉。

但是很多人的恋爱次数都不止一次，所以一旦遇到此类问题，通常很难找到完美的回答。

“以前的都不重要，重要的是我们的未来。”——你连过去都不敢面对了，未来我也会成为你不敢面对的过去吧？

“我已经不记得了。”——看来你离忘了我也不远了。

“他是个很好很好的人，曾给我很多的幸福。”——曾经沧海难为水，何必找我这朵云？

“他很糟糕，没有你的十分之一好。”——是你过去的品位太差，还是我眼睛不好跟了你？

“他跟你一样好。”——那你干吗要换？

“我选择沉默。”——那我也选择对你沉默。

这个问题拿来问我，我的回答通常很简单：

“他啊。是一个曾值得我爱的人。”

是的，富贵贫贱，丑美善恶，不过都是外界给予的综合评判标准。

在爱情这种很私人的事情里，值不值得爱才是虽然主观但起码诚实的准则。

爱的原因有很多，不爱的原因也有很多，无须一一解释清楚，曾经爱过就最值得欣慰。

我爱过我每一任过去的恋人。

这样才更充分地说明，我此刻爱着你，是一件我确实心意诚恳的事。

这个世上没有好恋人和坏情人，只有是否值得你去爱的旧人与新人。

有时会跟旧情人聊天的我

放 屁

亲爱的 Z 先生：

我曾见过身边的一对情侣分手，男生无比激动地对女生说，为了表示很爱你，我跟你在一起三年了，都没敢在你面前放过任何一个响亮的屁。

我顿时肃然起敬。

爱情总是这样，恋爱中的人希望能在对方心目中始终保持着完美的形象：外表出色，内涵丰富，生活有品质，兴趣很广泛。哪怕是挖个鼻孔都很提心吊胆，上厕所上到一半发现没纸了也不敢声张。

更何况是极度破坏气氛的放屁，总是羞于发声，更尴尬于有味的。

我一直觉得太过雕饰的爱情，只是一种跟幻想媾和的假象。

爱的是一个人的真实自我，而不是这个人的矫揉造作。琼瑶爱情小说里的痴男怨女总似不做粗鄙之事，但金庸武侠经典里的武林高手也都会拿屎尿屁开玩笑的。

因此让人舒服的爱情，总不该令人过分拘束——

超女说她们觉得开心就因为想唱就唱，我便说爱情令人放松你可以想放就放。

觉得最常见的生活故事总是难免与尴尬有关的我

美丽的声音

亲爱的 Z 先生：

我在电台工作的期间，有一个女同事经常收到来自听众的求爱信。

信的内容大同小异：你的声音很美丽，所以我猜想你一定拥有一双美丽的眼睛，以及一颗美丽的心灵之类。

其实我这位女同事的长相不算很出众，她自己也经常开玩笑地自嘲：我要是长得好看点，就应该去做电视主持人，而不是电台节目主持人。

于是每次一到有听众见面会，这位女同事就会找各种借口不出席，用她自己的说法就是：不要让那些爱我的人，觉得自己的爱情有上当的感觉。

因为一个人的声音好听，就爱上这个人，类似的事情不算太罕见。

有人会觉得这样的事情太荒诞，是一种完全没有可信度的虚情假意。

我反倒觉得听声爱人比贪色爱人，更让人觉得本分且可靠些。

现在的自我美化技巧太过厉害：撩人的假睫毛、掩盖瑕疵的粉底、好看的衣服能掩饰身材缺陷、诱人的香味来自人工合成。如果对自己的长相实在太没自信，还会有肉毒杆菌、硅胶、玻尿酸一起上阵来帮忙。

相比起来，声音就天然无修饰得多，你不能给声音化妆，也没办法挖空心思地去PS，每天都能听得到夹杂其中的大量信息，而光看外表你可能除了觉得“今天似乎瘦了一点”，“这件衣服貌似是新买的”，“他的笑容疑似有暧昧”之外，收获乏善可陈。

正如“我爱你”，只能通过声音来表示。

好看的人或许内心并不好看。

好听的声音，却起码能让你想象到视觉所不能提供的更多美丽的事情。

庆幸自己的声音也很好听的我

旧书的乐趣

亲爱的Z先生：

以前读小人书的时候，因为印刷技术还不怎么高明，经常读完一本书，负责翻页的大拇指和食指都黑了一大片。

我有时会趁人不注意，偷偷地抹在午睡的同学脸上，仿佛突然长出来的猫咪的胡子一样，惹人发笑。

那些从书页上脱落的油墨现在已经难得一见了，想要在同事的脸上抹油墨也更不可能。时刻注意保持自己美好形象的众位同事们，他们有如高级特工般，密切地关注着任何朝他们脸蛋扑进的物体。

现在的书大多装帧精美但内容平淡。要么是千篇一律的穿越时空相遇古人，要么是无病呻吟的泡沫爱情纠结扭曲，要么是强塑噱头，以“一针见血”撩拨读者，实际“钻心剜骨”刻薄非常。

相比起来，那些从好文、好字、好故事上脱落的油墨要美妙得多了！

我有一个要好的朋友，最热衷的事情就是收集各种古老的图书。

从文学典籍到研究资料，从手绘漫画到民间故事，无一不收。

我有时会问他：这些旧书，有的有价值，有的没价值，你到底为什么想要收藏它们?

他就会沉浸在他那盛满了旧书的小房间里，闻着一屋子的陈年书卷味儿，有些陶醉地看着我：

“十年陈酿芳馥无穷”，百年存酒则可能早就干涸了。存起那些离我们最近的旧时光，是最精妙的感动。

我是略略有些能够体会他的感受的。

这种感觉就像是我用各种电子触摸屏翻动着虚拟成页的电子书，被无聊的内容困得哈欠连天的同时，手指也会因为总是与工程塑料和玻璃平面接触而感到微微有些作痛。

你会问我，好看么?

我会回答，没什么意思。

换做过去的岁月，我会一页一页饶有兴致地翻着书册，等你在休息的间歇过来搭话。

你会问我，好看吗?

我会回答，挺有趣的。

然后大拇指和食指微微一搓，就要在你脸上用力地抹下去。

无论如何不想失去书册与油墨的我

刷 牙

亲爱的 Z 先生：

我刷牙的频率很频繁。

因为我觉得嘴巴是一个很让我充满羞耻心的部位。

我们通过嘴巴进食。

吃各种熟的、生的、热的、冷的、活的、死的。绝大多数都是生命的残骸。

刷牙这一行为，会让我觉得像是在毁尸灭迹。

我们通过嘴巴说话。

说各种美好的、可怕的、温暖的、冷漠的、真实的、虚假的。绝大多数都是下意识的欺骗和隐瞒。

刷牙这一行为，会让我觉得像是在清扫污秽。

我们通过嘴巴欢爱。

吻各种柔软的、坚硬的、深情的、滚烫的、敷衍的、粗暴的。绝大多数都是荷尔蒙的遗毒。

刷牙这一行为，会让我觉得像是在修补童贞。

嘴巴帮我们做了很多好事和坏事。刷牙则是我近似于忏悔的仪式。

我仍然会不断刷牙，但我并不避讳用嘴巴继续去谈情说爱，在人世间生存下去。爱情始终离不开嘴，起码当我说了“我爱你”之后，我无须负罪地跑去刷牙。

每天起码刷三次牙的我

金银斧子

亲爱的 Z 先生：

古时候，有人把一把石头做的斧子掉到了湖里，于是湖中仙女就问他，掉到湖里的是金斧子，还是银斧子。

现在的人，会在追寻爱情的途中不小心迷失了自我，然后就会在面对各种诱惑的时候，一时忘了自己当初真正想寻找的，到底是光鲜的爱情还是朴实的爱情。

我并不鄙视那些回答“我掉的是金斧子”的人，坦诚地说出自己的欲望，其实也是一种变相的真诚。

我有些不满于那些回答“我掉的是银斧子”的人，因为他们已经暴露了贪念但却有些怯懦，更近似畏缩，是不能充分认可自己的弱势者。

所以我也不否定那些迷失了自我，由于种种原因开始附加各种外在条件地寻找爱情的人们。

他们不是在否定自我，而是在寻找更适合自己的爱情。

相比起来，那些缩手缩脚，不肯去大胆争取，任由爱情从身边擦肩而过的人，才真正值得叹息。

在爱情的湖水面前，我鼓励地回答丢的是石斧子，也鼓励你争取得到金斧子，

但是面对“银斧子”这个答复，我会摇头哀婉。

正准备收拾远行所需行李的我

七夕以外

亲爱的Z先生：

七夕，就是传说中牛郎和织女一年一会的日子。地上有亿万的人盼着他们的相会，绝对比最热门的相亲节目更有人气。

一年才见一次面，但至今都没有传出过分手绯闻的牛郎和织女，似乎是人类心目中最忠贞不渝的爱情典范之一。

人人都称赞着牛郎的专情和织女的痴心，但是一年里除了这一天以外的时光却从来都没有人会多事地猜想——牛郎有可能跟耐不住寂寞的嫦娥私通，织女也许整天睡在北斗星君的宫里。

人们坚定地相信，牛郎织女相爱永恒，一年一次重逢已然足够。

但是等聊到身边的知己或者熟人，某某某跟某某某两地分居、跨城恋爱，便是一声鼻息，满脸不屑：他们俩，一定长不了！

人类不能容忍情侣在不见面的时候偷情、偷人、偷心、偷吃，但是却很相信神仙们能够身先士卒、严于律己。

于是人类在埋怨着真爱难寻、爱人好累的同时，又在偷偷羡慕着神仙们的一心一意直到永远。

我对于那些笃定牛郎不花心、罗密欧超痴情、杨过从未泡过别的妹的人通常都很没辙。

无论过程多曲折多磨难，两个人紧紧相拥说“我爱你”的时候，通常都会被人视为幸福、看作甜蜜。

既然结果才最重要，又何必在意每一个细节都务必完美？

他爱你是真，又何须考据他说周六晚上在加班是假？

不要问什么是真爱，其实人人心中都晓得怎样的爱最有质量。

谁稀罕做织女？他们说，牛郎现在都在富婆们最爱光顾的夜店里。

打算一个人安静过七夕的我

一起吃晚饭

亲爱的 Z 先生：

很多人都不习惯一个人吃晚饭。

与家人共餐，找朋友同吃，央求爱人烧菜煮饭或者去餐厅门口一起排队等位。就是不愿意自己一个人凑合对付，或者独自坐在饭馆里细嚼慢咽。

一起吃晚饭的好处有很多：

可以多吃到许多不同的菜色，可以交换下新近听到的八卦，AA 付钱不会太贵，吃完之后还可以商量着去哪里小逛一下或者小酌一杯。

人们冲着这许多好处，一看临近饭点儿就四处电话邀约，踌躇该吃什么，生怕落单孤立，着了寂寞的狠招。

这么看起来，一起吃饭其实是件目的很明确的事情。

菜色好坏不重要，话题优劣没关系，即便是没什么亮点的一顿晚饭，悻悻而归也暗自庆幸不是一个人和着泡面混过。

倘若食材是主要原料，寂寞就是撒了过多的花椒，需要在他人的陪伴下去中和掉那种在舌尖泛滥的微麻。

决定一顿晚饭是否精彩，我的标准向来极为明晰。

约人一起吃，而且对象要准确：与父母。与至交。与爱人——尤其是与你。

唔，吃得真满足！

每到晚饭点儿就开始电话不停的我

中国人怕鬼

亲爱的 Z 先生：

中国人怕鬼，怕得比任何国家的人都要厉害。

很多中国人都相信，鬼是人死后的灵魂在转世投胎前的一种灵体表现。无论是好鬼坏鬼，他们统一的特征都是：很可怕。阴森森的极其吓人。

理论上假设真的存在鬼这种东西，那么自家亲人变成的鬼不应该是可怕的；自己爱人变成的鬼更应当是亲切的——死人无法再沟通，而中国人心目中的鬼却是有知有识的。鬼要比死人更让人觉得不曾永别。

但是中国人还是怕鬼，而且无论是自家人变成的鬼还是外来客变成的鬼，都毫无例外地怕个没完。巴不得要在房间里贴满符咒、供上神佛，只求那些爷爷奶奶、姐夫姨婆变成的鬼，别再进家门，早入了地府去赶轮回就好。

我其实有些不大能理解。

如果我变成了鬼，我会来找你继续说那些未能说完的情话。

倘若你变成了鬼，我会期待你赶紧回来陪我看电影解闷。

只是不能再次拥抱而已，还是能一起看着林正英降伏僵尸的。

在中元节无比怀念“黄金道士”系列的我

伤口愈合

亲爱的 Z 先生：

人们都说心伤难愈。

其实不是难愈，而是有没有愈合，你看不到，只能自己暗暗地去觉察。

我认识的一个女孩子。她很敏感，也很脆弱，所以常常受到感情创伤。

我有时会担心她，怕她一旦陷入感情，受了伤害，就很难从痛苦中走出来。

但她却意外地很坚强，每次我一得知她受了感情创伤，还不等我去好好安慰她，她已经很平淡地过着正常的生活，会微微笑着，看起来很乐观的样子。

我忍不住想要问她，到底是如何调适自己的心情的。

她就会掀起右手的袖子，给我看右手腕以下的，细密但又很浅的划痕。

“这是什么？”我吓一跳地问，以为她会动轻生的念头——

相比起来，我反倒很信服她会选择这么做。

“伤痕。”她淡淡地回答，“我自己弄的。”

呃。为什么？

她于是给我看那些划伤上结出的小小疤痕。

“你看啊。”她抚摸着疤痕，跟我轻声说道，“我们人类自己，在受了伤之后，是自己可以逐渐愈合的。既然我们的身体拥有这个能力，就说明我们自己潜意识里是希望保护自己能够不被打垮的。”

她将袖子重新放下来，开始动手切她面前那块还渗着血丝的牛排，用的力气之大，看得我惊心动魄。

“心伤也是伤。我们的身体想要一直活下去，所以也会想办法督促我们，要让心伤赶紧愈合的。”她叉起一块切好的牛排，送入口中，露出了一副十分满意的神情。

“每受一次感情的伤，我就会轻轻地在手腕上划出一道创伤。每天看着手腕上的伤口止血、愈合、结疤、脱落——在伤疤完全脱落的一刹那到来之前，我告诉自己，一定要抢先让心伤先愈合。”

我们的身体会自己愈合伤口。

所以感情带来的心伤，无论是轻是重，也都一定可以完全愈合。

无论什么时候，请相信身体的力量，以及你自己的感情的坚强。

让一切不愉快的外来伤害，止血、愈合、结疤、脱落。

然后，继续笑着生活。

刚刚在商务舱里打鼾连自己都吵醒的我

一期一会

亲爱的 Z 先生：

我最喜欢日语里的一个词语，叫作“一期一会”，它其实是茶道里的用语。

一期，是指人的一生。

一会，是说仅有的一次碰面的机会。

一期一会，顾名思义是在说一辈子只能碰到一次面。

在茶道里，这句话是在告诉主人，也许与客人的会面只有这么一次，所以务必要用心去招待。

我们跟任何一个人的相遇，都存在着各种不定性。

也许今天在一起喝酒，明天已经各奔东西。半个小时前说晚安，一大早起来早已形同陌路。

所以我们永远不知道明天会发生什么，明天我们将要遇见的人是谁，将要永别的人又是谁。

人类的力量终究有限，即使你不服输地想把一个人 24 小时绑在身边，照顾好他的身体健康与心情快乐——对不起，也许随时都可能迎来世界末日。

“一期一会”让茶道变得认真用心。

同时也告诉我，珍惜每一个遇到的人，或许他们可恶，但也好过永别。

我这一辈子只遇到一个你，

一期一会的爱情，告诉我要用心去对待。

总觉得茶道实在太过麻烦的我

最柔软的东西

亲爱的 Z 先生：

小学一年级的时候，被老师问到过一个很蠢的问题——

世界上最柔软的东西是什么？

于是小朋友们纷纷举手抢着回答，单纯的年纪里总是做着毫无意义的单纯的事情。

有的回答是羽毛。有的回答是丝绸。有的回答是流水。有的回答是棉花。

羽毛轻盈。丝绸顺滑。流水灵动。棉花蓬松。听起来却都合情合理。

但是老师却一直在否认着这些合情合理的答案的正确性。

在老师那里的正确答案只有一个：手。

理由是：因为啊，不管我们睡觉时枕着多柔软的东西睡觉，我们总是还会习惯性地把手枕在脑袋下面。

所以，手才是世界上最柔软的东西。

说完这个答案，解释完这番道理，下课铃声就响了。老师便会带着一抹似乎很是深邃的笑容，慢慢地离开教室，留下满心佩服的小朋友们，像是刚刚参透了人生的道理似的，从头到脚都是感动。

我坐在教室里，一脸的茫然。

现在我也常常因为工作的缘故，在不同城市的不同酒店里睡着不同大小的床。

我对不是自己家的床所具备的尺寸，没有太多苛刻的要求，可我对于枕头的舒适程度，却很是挑剔。

太软的，睡得腰酸。太硬的，睡得头痛。太高的，脖子很难受。太矮的，浑身不舒服。

我睡觉睡不好，大多数情况下都跟被子厚度床的大小房间环境无关，会让我第二天一直看起来都没有精神的，往往就只是一个枕头造下的孽。

尽管如此，我每次找到酒店服务人员提出的抗议内容，也都是有关于“请给我换一个更软／硬／高／矮的枕头”之类的请求。

这便不能不让我怀疑着“世界上最柔软的是手”这个蠢答案的正确性——

我从来只说，换一个枕头。

从来都没说过，请给我换一双手。

枕头用来睡觉。

手用来牵着。

我需要让我睡得安稳舒服的枕头。

睡觉时我想牵的，是你的手。

对于现在睡觉的这个枕头无比愤恨的我

柔情吻者

亲爱的 Z 先生：

从平安夜过渡到圣诞节的那个凌晨，跟我一起住的那个女孩子喝醉了。

她很可爱的醉得不省人事，我用公主抱的方式把她搬回房间，她喃喃地呓语着些什么，看不出表情是快乐还是悲伤。

然后我就静静地待在她的旁边，心里在想：原来酒精真的可以让人变得不大一样呢。

我很少喝酒，自然也就很少醉酒。

曾经有过一个笑起来很奇怪的叔叔，一直怂恿我说，人生总要有些晕晕的时候才舒服。

我就会耸耸肩回答他："似乎我的人生，向来都清醒得很呢。"

头痛、呕吐、胃烧得难受、胡乱做着一些难以理解的疯狂行为……关于醉酒的一切，在我看来都不算美丽。

把自己弄得很丑，还连累周围的人也都尴尬地无辜受牵连。

这样到底有什么好？

于是我每次出去玩的时候，都会很矜持地抓着一个杯子。

里面是酒精浓度几乎可以忽略不计的红牛伏特加，我板着脸，似乎是懒得笑一样，从派对开始，把一杯薄酒喝到派对结束。

接着我就要手忙脚乱地把这个朋友丢进出租车里，把那个朋友送回家中，给呕吐的他端茶送水，将乱脱衣服四处吻人的他拖回房间一拳打昏，还有喝得很开心就以为自己是秋名山车神的女生，开着车无比欢畅地在半夜的街头游窜，我就只能紧张地摇晃着陌生出租车司机的肩膀，四处去寻找她的踪迹。

全世界都在醉得一塌糊涂的时候，我仍然是清醒的。

到底是我在偷看着他们秘密藏在心里的另一个自己，还是他们联合起来在集体嘲笑我的顽固呢？

其实我自己心里也没底。

后来我还是喝醉了。

在几个月前的一个很平凡的夜里。风不妖，月色也是闷的。

后来有人告诉我说，我喝醉的时候很温柔，跟每一个过来拥抱我的陌生人接吻。

吻到他们情不自禁地要落下泪来。我还会拍着他们的背，轻轻说：“别哭别哭，悲伤总会被遗忘。”

于是有人就哭得越发汹涌，似乎心里关了禁闭的委屈，被突然宣布提前释放了一样。

我就继续吻他们。从男吻到女，从烟草味吻到胭脂香。

看起来倒像是他们醉了，我依然清醒得可怕。

我自己是不太记得这些事情的。听起别人说的时候，甚至还觉得对方玩笑开得有点扯。

嘴唇确实有微微脱皮的疼痛，我自嘲说是因为天气过分干燥的缘故。

还有从来没见过的人在 MSN 上跳出来，有着滴血认亲似的欣喜若狂。

“昨天吻得真爽！下次什么时候再来一次？”那人激动地用上了各种表情符号。

“你是谁？”我格外诚恳地反问。

喝醉后变成柔情吻者的那个人，似乎应该是我，偏偏又不太像我。

平时的我，太紧绷，太倨傲，太喜爱伪装成我印象中的完美模样。

柔情吻者则像是我的相反面，会说好听的话，会挑动性感的舌头，从身到心一并去安慰别人。

最重要的是，他敢于做平时的我绝对做不出来的事。

偏偏又是我常在心里偷偷幻想的，那些事。

我竟然有点嫉妒起醉酒的我来。

我渐渐开始明白了那些朋友每喝必醉的原因。

长岛冰茶也好，玛格丽特也罢，黑方金酒，粉红香槟，酒本身的优劣其实并不重要。

附庸风雅在高级餐厅和名流派对上演一演就可以了，在夜店酒吧里需要的不是入口香甜绵长，而是后劲迅猛汹涌，越快把自己灌醉的就越是好酒。

之后大说胡话，大胆妄为，大大咧咧，大而化之，大为不敬都全然无所谓。

那其实才是做回真正的自己，短短几小时的晕眩，居然比整日整夜的假正经更讨人喜欢。

在规矩繁细如麻的成人世界里，酒精是行凶作恶时唯一的免死金牌。

现在我还是很少喝酒，也仍然难得有机会醉酒。

我还是不断地在凌晨时分冲出人群，去帮理智仅存一线的朋友抢出租车，搀着这个扶着那个，垫车费找失物，冲完热牛奶接着去泡烫手绿茶，被吐了一身的衣服在干洗店里挂成一排，安慰着泪流满面的女生，连连附和说："对对对，他就是个大混蛋。"

我有时会想念那位吻过很多张嘴唇的柔情吻者，他远比平时的我敢作敢为，厉害得多。

偏偏我还是过着很清醒的人生，对着醉成烂泥的朋友皱眉说这样真难看。

然而却没有一个人会响应我，在醉酒人的梦乡里，我才是不速之客。

所以当你下次见到我的时候，什么也别先说，等我战战兢兢地吞下一整杯特其拉。

让那个柔情吻者从我的脑干末端冒出来跟你约会，他总比懦弱的我要肆无忌惮。

我期待他会有勇气面对你似有深意的微笑，对你无比动情地说出我心里所有想说的话，也许是我愿爱你一生一世，也许是昨天的菠萝卖得便宜，一斤只要一块七毛八。

曾经有过一段时间十分痴迷少女漫画，谈情说爱永远是重点，偶尔也会穿插一下甭管敌人怎么死，画面美型最重要的打打杀杀。

月野兔变身美少女战士需要月光棱镜。

我变身柔情吻者只需要小半杯伏特加。

狂欢后失落症迅速爆发的我

想你游戏

亲爱的Z先生：

我有时会去玩一些无聊但又很古怪的游戏。

其中一个游戏，叫作“想你游戏”。

这个游戏的规则很简单，听起来似乎也颇为浪漫。

当初要跟我玩这个游戏的人，和我约好一整天待在各自的房间里，什么也不做，只是想对方。

要持续不断地想24小时，谁先走神不想对方了，谁就输掉了。

结果我只玩了这个游戏十分钟，就主动放弃宣布输掉了。

我很努力地去想念那个人，想他的模样，他的气味，他的表情和所有的滑稽画面。

想到第八分钟的时候，就已经开始想起了他的坏脾气和呼噜声。

九分三十八秒的时候，快递来按我的门铃，我顿时想起来我订购的家庭影院送到了。

于是开开心心地跑去收货，拆箱，连线，迫不及待地装上光盘，把“想你游戏”忘得干干净净。

直到第二天对方打电话来验收游戏成绩单，我才无比惭愧地告诉他，我比我预计中的更不擅长玩这个游戏。

“不不不。”他在电话里连忙打断了我的羞赧，语气听起来更加难为情。

“其实我的成绩更糟糕。”他吞吞吐吐地说：“我只想你想了七分钟，就开始厌烦你那个喋喋不休的大嗓门了。”

“所以呢？”

“所以……”他的声音又恢复了很有逻辑感的慢条斯理。所以我们应该换个游戏玩。

“比如？”

“比如……”他的笑声听起来浑厚有力，“比如我们先试试‘不理你游戏’？就是看谁能更忍耐长时间不去主动联系对方。”

“哦，再见。”我迫不及待地把电话挂断，继续缩回被窝里去睡觉。

想念只是一种自己强加给自己的幻觉。

想念中的对方，都是优点屏蔽了缺点，被赋予了一厢情愿的美化色调。

持续性地想念一分钟、一小时或许都不算太难，但要一直维持下去不间断，反倒有些不可思议。

毕竟谁也不会有数不尽的优点，能像开采不尽的矿坑一样，源源不断地提供维系想念的燃料。

一旦弹尽粮绝，太过伤神的想念，只能草草地将过早泛滥的激情，枪杀。

“想你游戏”确实无聊。

但是，也很残酷。

今天在开会的时候，我没有听见主管的点名。

那一刻我在分神思考，因为一杯速溶咖啡泛起的泡沫，突然想起了你曾在奶液上拉出的心形图案。

然后我才察觉到，原来我在一天内想起你的次数实在太多太多：

走路的时候想过你，听歌的时候想过你，写文案的时候想过你，打喷嚏的时候想过你，甚至连洗澡的时候大声唱着老掉牙的过气歌曲，也会在弯腰拣肥皂的一刹那，想起你。

或许“想你游戏”的评定规则，未必只有比赛谁想念对方的时间更久这唯一的一条。

倘若换成是，较量在一天时间里谁想念对方的次数最多，我不见得就会输掉。

这个时刻同样在想你的我

看不到也存在

亲爱的 Z 先生：

有时候你看不到，不代表它不存在。

无人岛上的蜘蛛。

寂静谷里的山雀。

深海底中的游鱼。

我们通常看不到它们，但它们却确实是活着的。

它们活在它们的世界里，如果因为我们的世界里没有它们，就要一味地去否定它们的存在，那多奇怪！

所以有时我更喜欢静静地看着眼前的世界，然后快乐地想象着那些我看不到，却真实地存在着的许许多多东西。

比如一月里的太阳花。

比如深埋地下的完美钻。

比如至死不渝的爱情——那也许并不仅仅只是童话。

比如此刻我格外地想念你，也许你看不到，可是，这思念却真实地，曾存在于这个世界上。

何必要为眼前成像着的那些东西所困扰。

有些人对明明看不到的鬼神信得要死，可是一旦有人告诉他，在遥远的某个海岛上藏有数之不尽的海盗宝藏，他反而就会要笑那个人头脑有问题。

事实上，海岛或许有，宝藏未必就不是真的。

若然我的爱情是那未知的宝藏，而我所在的地方就是那你未曾见过的海岛——

你又是否会去相信，我和我对你的爱，其实正在你的世界外，孤傲地存在着？

很想去做海盗把你的爱情抢掠干净的我

火 锅

亲爱的 Z 先生：

很多人都觉得火锅很好吃，尤其是看起来红辣红辣的四川火锅。

热腾腾的那么一大锅，把所有爱吃的东西都下到汤里去煮，捞起来就着调料，或者干脆什么也不蘸，顾不得烫得嘴皮几乎起泡，就那么心急地嚼着咽着，筷子已经开始物色下一波要进攻的对象，辣度能不能忍受那也是待会才有时间分心打理的琐事。

冬天里来上这么一锅，确实足够暖和。

然而在很多中国人眼中看起来无比美味的四川火锅，在外国人眼里却全然不是诱人的光景。

鸭的血块，猪的大肠，牛的眼睛，羊的睾丸，鸡的双脚，鱼的肝脏……还有一大堆看起来就充满惊悚气息的菜品，被沸腾着的红汤吞噬，不时冒着热气浮浮沉沉，多少有点叫不知情的人感到后怕。

外国人常常一见四川火锅就脸色惨白，他们管这中国人的美味叫作——地狱。

似乎爱情也正是如此。

谁爱上了谁，就这陷入热恋的二人来说，毫无疑问是甜蜜又缱绻的好事。

但是在喜欢着这二人的其他人眼中，这份感情不但得不到祝福，往往还有被多方诅咒的可能性。

有俗语叫，吃不到葡萄说葡萄酸，然而在酸葡萄被证明具有丰富维生素和花青素的现在，更适合的说法，应该改成，吃不到火锅就说火锅是地狱。

如今的我们，也已经在煮属于我俩的火锅里了。

火旺，汤沸，我几乎迫不及待要把冻豆腐和百叶结往锅里下。

可是呢，在我们正式地打算享用这顿美餐之前，我们是不是也应该抽几分钟时间来冥想：

不是为了感谢主赐予我们食物，而是要沉思一下有多少人因为我们正浸身地狱。

觉得火锅确实很好吃的我

关于飞机

亲爱的Z先生：

骑自行车觉得不爽的时候，可以随时捏住。

坐公交车觉得不爽的时候，可以在下一站下车。

乘出租车觉得不爽的时候，可以要求立即靠边停车。

搭地下铁觉得不爽的时候，可以在车门开启的瞬间冲出去。

上星游轮觉得不爽的时候，可以以死威逼船长要求用救生快艇送你回岸。

唯独飞机最不可理喻——

你要等它，不能因为它的肆意迟到而暴怒。

它不等你，倘若你迟了一分一秒它都会毫无表情地冷漠离开。

你全程需要被安静地捆绑在座位上，被限制了自由，那些让你坐着睡着昏迷着都很不舒服的。

绳子，不会在出现危难的时候救得下你半根汗毛，却还要美其名曰为“安全带”。

尤其让人恼怒的是，你不能坐到一半觉得不爽了，就要求空乘给你把舱门打开。

“先生，我们只有水上救生衣，没有空中降落伞。”

所有的空乘，都会面带不温暖的微笑，淡淡地这么回答你。

飞机号称是所有交通工具中最为快速的。

为了这速度，我们只能被迫妥协地牺牲精力，牺牲耐心，牺牲好脾气，牺牲自由感。

所以，它也是所有交通工具中最让人无奈的。

是典型的仗势欺人，借交通之便行精神强奸。

你以为我是在痛骂它，并且讨厌它吗？

不不不，既然生活本就如此，我为什么不去全情享受？

我显然也在享受我们的爱情。

你的蛮横与我的霸道，无非就是飞机与安全带式的捆绑促销——买了我，赠了你，谁也不服输。

只不过我有时还是会偷偷地在想：倘若你爱我爱到不爽了，你又会怎么办？

亲爱的，我们的爱情，也是没有准备降落伞的呢！

被延误了几个小时开始有点微微不爽的我

富有 or 贫穷

亲爱的 Z 先生：

喝咖啡的时候，被一个许久不见的朋友问到说：“你现在富有吗？”

这位朋友是香港的名设计师，世界上许多国家的很厉害的建筑物，都是出自他的手笔。

我没有过问别人经济状况的习惯，一来是觉得不礼貌，二来我觉得那从来都不是重要的事情，

我认为一个人，最重要的元素是他的脾性与我是否相合，外表、收入、家世、职业、地位、房产、车型，都只是如同他穿着的衬衫一样的东西，好看固然很好，我很乐意称赞两句。

不好看也没关系，你可以穿 T 恤出来见我。

所以在被他问到这个问题的时候，我多少有点愣住。

我愣住的原因不是因为我的收入数字写出来很不好看，而是因为我从来没考虑过这个问题。

月收入二十万，我也许会把 Veuve Clicquo 当成佐餐饮料喝。

月收入两千块，我在吉野家里吃中碗牛肉饭一样吃得很愉快。

200000与2000，在我眼里没有太大的区别，它们的差别在于“0”的多少——

既然“0”本来的意思就是零，就是一无所有，就是什么都不是。

那么我还真的不怎么在意这种数字上的优胜劣汰呢!

该朋友的问题大约是出自自身的迷惘。

在大多数人眼里，他是个成功的男人。

可是这所谓的“成功”，大约都是同他那一年几百万美金的收入挂钩的。

他整天飞来飞去，在任何一个城市里完整停留的时间都不会超过两百小时。他没有恋爱，没有密友，没有家庭，甚至连一个真正意义上的仇敌都没有。

他不说他没去争取，他只说他没有时间。

然而他的问题倒也没有为难到我太久。

在给他买第三杯拿铁，给自己买第二杯黑咖啡的时候，我摘下了右手上戴着的那块标示着美国时间的腕表，然后对他说：“只是这一块表而已，我就已经比很多人都胜出了太多。”

是的，亲爱的，我想你也应该明白：

当你说你爱我的时候，我很富有。

当你对我说再见的时候，我很贫穷。

还在犹豫到底去不去混趴的我

空调人

亲爱的Z先生：

天气热的时候，人们需要开空调纳凉。

天气冷的时候，人们需要开空调取暖。

不需要恋人送来的冰激凌，空调就能让我们在夏天安心地睡着。

不需要爱人看似温暖的怀抱，空调也能在孤单的时候成为体温的援助者。

这么算起来，空调根本就是我们最可以信赖的至交知己嘛！

但是当它在给室内吹冷风的时候，它身体的另一半却在室外大肆地冒着热气。

当它开始为房间里送热气的时候，它身体的另一半早早地就在屋子外面喷寒流了。

这样的做法，毫无疑问地会让夏天的户外越来越热，冬天的城市越来越冷。

多么典型的两面派。

这样的一个“朋友”，你又怎么会放心把最隐私的小秘密说给它听?

我们身边倒也真的不缺乏这种“空调人”呢。

跟你说我很关心你，然后就把你被别人劈腿的事情到处宣扬。

或者看起来对你不闻不问，实际上却在别人面前尽量地夸赞你的优点。

“空调人”们做不来太单一的自我，逼他们一心一意、表里如一，实在太过困难。

他们习惯了性格分裂，这是比精神分裂要轻一点的心病。

不需要按时服药，看别人对他们又爱又恨就是最安全无副作用的镇静剂。

我自然是不喜欢故意冷淡对我，实际还是颇为关心我的那种人的。

太过慢热进入状态的话，以我的个性，我会忍不住想把对方送进微波炉。

但是面对着那些热情地大声说爱我们的“空调人”，我们又该如何全盘相信他们的诚意?

亲爱的，你有没有把压缩机放在室外什么我看不见的地方呢?

最近总是睡很少于是每天都很想睡的我

真的没时间

亲爱的 Z 先生：

最近因为总是没时间睡觉，于是一旦听到别人在抱怨说老是失眠，就会觉得莫名的气愤。

在特别瞌睡的时候，就会有短暂的幻想，想着自己可以抓一把剪刀，闯进失眠者的夜里，然后“咔嚓”一下，把他们失眠时在床上翻来覆去、胡思乱想浪费的时间，剪下来留给自己用。

想着想着就会觉得又开心起来，然后眼前一黑，就困得失去意识了。

身边的人似乎总是很忙碌，挂在嘴边最常说出来的话是“我没时间”。

有时为了强调语气，还会再加两个字，“我真的没时间”。

每个人的时间都是均等的，一年 365 天，一天 24 小时。

每个人的时间又是不均等的，有的人可以长命百岁、颐养天年，有的人英年早逝、初生则夭。

我们总会一边抱怨着自己的没时间，一边又嫉恨着别人的有时间，然后一边再毫无意识地浪费时间。

如果一个人很罕见地说出了一句“我没时间”，那么他可能是确实过于繁忙。

但当他不断地把“我真的没时间”挂在嘴边的时候，所谓的时间紧张就真的只能是他用来敷衍别人的借口。

我自认不是个会合理分配资源的人，无论是收入还是精力，又或者是这最需要精细利用的时间，我统统都很不擅长去一一打理妥当。

因此每当时间不够用而且又有很多事需要去做的时候，我就很希望可以从别人那里剪一些时间过来，小作贴补。

是这样没错，我需要更多的时间去读书，需要更多的时间去听歌，需要更多的时间去打那些被我排队排了很长的游戏，需要更多的时间去练习钢琴，需要更多的时间去熟悉街舞，需要更多的时间去收拾房间，需要更多的时间去游览风景。

需要更多的时间去好好爱你。

我是如此急缺时间的一个人，以至于我对于所有失眠者和无所事事者都抱有莫名的妒意。

倘若有人打算让我去补麻将三缺一的空缺，真抱歉，我没时间。

假如有人准备带我去看醉翁之意不在酒的电影，对不起，我真的没时间。

在办公室穿红色 Birkenstock 的我

旅 馆

亲爱的 Z 先生：

我不喜欢入住旅馆，无论是几百块钱一晚的小宾馆，还是上千美金一晚的大酒店，对我来说都没有差别。

它们都很没有个性，带着千篇一律的敷衍态度，用白色的床单来隐藏上一位客人入住期间留下的所有脏污。

我似乎很难躺在一张陌生的床上，展开甜蜜又美好的幻想。

无论这个房间此刻多么的一尘不染，想象在几个月前甚至几小时前，驻留在这个房间里的客人，他也许邋遢，她也许病态，半夜咳嗽得整个房间的空气里都是细菌，大声吵架的怨偶，狼狈为奸的婚外情人，杀人不眨眼的黑帮头目……一切形形色色的人，都可能早于你之前，先在这个没有人情味的房间里，做着你根本看不见的事情。

所以我每每一入住一家新旅馆，就会先从背包里取出一瓶我惯用的香水。

仔细地在所有重要角落，略略地喷上一回。然后闭上眼，缓慢地深吸气，假想自己还在家里待着的感觉。

接着一头栽倒在床上，在自己给予自己的假象中，小心翼翼地睡去。

旅馆从来都不是真正的家，无论它舒适与否，它潜藏着、包容着的众多故事，都足以惹人很是不快。

然而我却还是得在到达一个新的城市之前，费尽心机地去寻找看起来最能让我满意的旅馆——不是为了陈设豪华，而是为了让自己能想象之前的房客至少也是晓得如何抽水烟的附庸风雅之人。

倘若我也只是你生命中短暂停留的一家旅馆，你会希望住进几零几号房间？

又要准备连续出差的我

既视感

亲爱的 Z 先生：

你一定有过类似的经历：

偶尔在看到某个人的时候，会隐约觉得他将要做的事和说的话，你是知道的。或者经历某个场景的时候，发现每个景物和细节都是似曾相识的。甚至于遇见第一次见面的人以及到达的之前从未去过的地方，你也会有一种似乎并不陌生的亲切感。

科学界对这种情况有着几种不同形式的解释：

（1）当我们遇到一个与过去经历相类似的情境，脑内处理过去那段经历的神经元可能同时产生冲动，产生似曾相识的错觉；

（2）脑部记忆区域与认知判断区域发生同步率失调，将眼前讯息错误地当作成或判断为“记忆当中的画面”；

（3）由于左右脑的信息处理突然不协调，造成对事物判断的暂时性失误。

大多数人都将这种感觉，称为“既视感”。

浪漫的人宁可相信，那是身处于过去的我们，对未来所产生的一种预知。

你时常对我说，我在你心中一直是亲切的模样，似乎在很久很久之前就已经是相识的了，初次相遇的时候就未觉生疏。

真奇怪，我对你也是差不多的感觉。

那个笑容，那个眼神，那个腔调，我隐约都像是曾抚摸过，曾对视过，曾倾听过一般。

我从来都不是会理性地要去追根究底考据科学原理的学术派人士，如果这是存在于我们爱情里的既视感，我绝对会盲从于浪漫，固执地去相信：二十年前我已经预知到将要爱上你。

最近越来越少做梦的我

人工季节

亲爱的 Z 先生：

天气冷的时候，我们会躲进暖气房里，然后热得把大衣棉袄全脱掉，只穿着 T 恤短裤满屋子跑，冬天有夏天的温度。

外面气温升高、太阳太烈的时候，待在房间里哪也不去，吹起空调来就觉得凉爽惬意，还能不时吃上几根冰棍或喝上几罐冰啤酒，夏天有秋天的清凉。

大棚里的蔬菜一年常有，任何时候想吃到生长条件苛刻的草莓和芒果都不是难事，水仙和茉莉在温室里开得欢快，如果觉得不够浪漫，偶像剧里时时都可以人工造雪，一年想过上 365 个白色圣诞节都绝对没有问题。

我们在小小的空间里，给自己制造了随心所欲的四季，然后我们又开始抱怨，真正的四季有些不够符合期盼：今年冬天怎么没下雪啦，春天的时间太短一眨眼就过去啦，夏天都不多给几个艳阳天，好去海边度个假啦，秋天的红叶根本就没让人看个够啦……

多么奇怪的心理啊——明明就抢了造物主的功劳来私自创造四季的我们，同时又开始埋怨造物主真是不够体贴、不够周到、不够为人民服务了。

爱情往往也是如此。

想尽办法争取到的爱情，过程中不乏设计离间和用心勾引，抢了月老、红娘、丘比特的分内职责，自作主张地把自己心仪的对象夺到手，之后又要开始抱怨对方心思粗糙、抠门节俭、实在不是个可以托付终身的人，等等等等。

人类终究不是造物主，自然没有权力去揣摩那位高高在上的老爷的心思。

一心想要制定完美的爱情流程，通常也只能获得一个事与愿违的糟糕结局。

亲爱的 Z 先生啊，我大约不会为了你而去创造随心所欲的四季，当然我也不会要求你一定要按部就班地遵守爱情提纲来履行义务。

佛家常说，知足常乐，顺其自然。

这其实才是最天然、没有防腐剂而且还很环保的爱情相处方式呢！

开始回忆过往爱情的我

胡萝卜

亲爱的Z先生：

胡萝卜大约是我人生中最讨厌的食物的前三名之一。而在一些朋友的个人排名中，它可能常年都是最讨厌的食物的冠军。

我是如此的讨厌胡萝卜，但是我很喜欢吃咖喱饭，所以我就会很努力地把咖喱饭里的胡萝卜吃掉。

我有一个好朋友，他同样很讨厌胡萝卜，但是他会很努力地把罗宋汤里的胡萝卜也都吃得很干净，理由是他很喜欢罗宋汤。

于是就会有人要问他："你不是很讨厌胡萝卜吗，那为什么每次都要吃得如此干净呢？"

这位朋友就会理直气壮地回答说："因为我很喜欢罗宋汤啊！"

"那么讨厌胡萝卜跟喜欢罗宋汤之间，又有什么样的关系呢？"问题在继续。

他就会用一种难以置信的眼神望着提问的人："胡萝卜也是罗宋汤的一部分啊！我既然如此喜欢罗宋汤了，不就应该喜欢它的全部吗！"

是啊，我喜欢咖喱饭，所以也就应该喜欢它的全部，包括其中让我很难爱得起来的胡萝卜。

我跟这位朋友的人生观，还真是出奇的相似呢。

所以啊，亲爱的 Z 先生，你大约也已经晓得了我的爱情观：

既然喜欢了一个人，那应该去喜欢他的全部，哪怕是其中一些单独挑出来让我觉得很不好的缺点，我也会去全部接受、消化，继而说服自己一同喜欢上。

现在，你可以告诉我，你身上都有哪些胡萝卜是需要我慢慢去喜欢上的了。

准备小喝一杯然后睡觉补眠去的我

孰轻孰重

亲爱的 Z 先生：

中学物理课上，我最喜欢玩的一样工具，是天平。

左边放道具，右边放砝码，学的功课并不难，无非是知道怎么使用天平，以及怎样准确地称出东西的重量。

完成了老师布置的作业后，每节课多少都还会留有一点空余的时间，于是同学们就开始翻出身边所有能拿来玩的东西，放到天平上去称重。

这样的游戏其实很直观：语文课本要比数学课本重，王同学的钢笔要比李同学的圆规轻，那个时候流行吃的麦芽糖也会被拿到课堂上来，校门口的小贩给我们报出的官方售价是三毛钱二两，可是花了相同的价钱，他买来的麦芽糖明显就比我买回来的要重。

后来就越来越少去接触天平这样的工具，但也不是完全断了接触，而是默默地搁置在了心里。哪份工作赚钱多，哪个职位更有前途，谁对自己而言更有利用价值，去哪儿买东西会更容易找到合适的折扣，该说什么话才比较适合炫耀自己……人人心中都有一架天平。

最近一个朋友跟我感叹道，她爱过好多个人，发现他们对她都很好，但是为什么他们后来都没有长久地在一起呢?

我便一副很是理所当然的语气回答她，在爱情的领域里，从来就是一方爱得轻，一方爱得重。

即便很久很久之后才省悟过来其实是应当给轻的一方加些砝码的，可是人们总是习惯继续走向未知的前方，而执拗地不肯再去走回起点。

这位朋友有些不甘心地反问我：“那么你通常都会是轻的那个，还是重的那个？”

我有些无奈地耸耸肩，告诉他，我有时轻，有时重。

最让我感到羞愧的是，我更多的时候，不知轻重。

突然很怀念莲花争霸和天蚕变的我

浪漫的承诺

亲爱的 Z 先生：

我听到过很多种的承诺。

推心置腹，指天发誓，温柔深情，简单幽默，糟糕透顶……什么样的都有。

最让我感动的一个，其实字数并不算多，比起琼瑶笔下的“山无棱，天地合，乃敢与君绝”要简单得多。

他说：“只要你需要我，任何时候你都可以叫醒我。”

这样的承诺，并没有把根本无法计算的未来多少年多少月的时间，轻易地交托给眼下的这个人。

他只是简单地解释说：“就算我是在熟睡中，你也可以把我叫起来陪你。”

一个可以放弃自己睡眠的男人，听起来似乎有些不算太伟大，但确实比那些听腻了的“我可以为你放弃生命”，要来得更让人满心温暖呢。

只可惜说出这句承诺的男生，现在我叫不醒他。

他现在正沉睡在几米深的地下，任谁也叫不醒。

每当我想起他和他的那句承诺的时候，我就往往会感到有些落寞。

现在我也愿意跟你说类似的承诺了，尤其是当我知道你有时会遇到一些别人帮不了但对你而言却很为难的事情时，我就更想把类似的承诺告诉你。

只要你想说说话，任何时候都可以拨通我的电话。

手机是人类最伟大也是最作茧自缚的工具之一，我不喜欢因为它而被老板、同事、不熟的朋友和很熟的非朋友绑住，但我却愿意被你绑住，二十四小时不关机的承诺，或许对我而言不是考验，需要接受考验的也许是通讯运营商。

即便是我在熟睡也欢迎你随时叫醒我，在手机连接的世界里不存在时差的概念。

倘若我死在你的前面，你也大可以试试来叫醒我，如果真的如同恐怖电影般发生怪奇事件，那何尝不是一种浪漫？

现在想想，那些为寻爱而复活的兵马俑、木乃伊、吸血鬼，还真是浪漫得要死呢！

在喝浓缩橙汁然后不时皱着眉头的我

下雪做什么

亲爱的 Z 先生：

下雪的时候，总有人带我去做很多很多有趣的事情。

有的人拿冰凉的雪球来贴我的脸，有的人会堆出外形诡异的雪人还非说跟我长得很像。

有的人把一个操场上的雪扫出“请你不要走”的汉字轨迹，有的人则紧紧抱住我，说这样多么美好。

还有一个人，他曾经为我扫出了一条干净的小道，从宿舍楼下到教学楼门口，目的是让我不会滑倒。

我不讨厌雪，甚至还有点喜欢。

尽管我无比无比地惧怕寒冷。

每次下雪，都会有人要发起名为“你最想在大雪天里做什么”的话题。

被各种琐事以及懒惰缠在房间里的大家，就会雀跃着把各种古怪的设想通通地报出来，以此来表示自己对于户外运动的热爱，对于接触自然的喜爱，对于追求自由的狂爱。

最美的下雪，只存在于可以待在温暖的房间里看着窗外行人慌张疾走和不慎滑倒的悠闲人士们的视网膜里。时刻可能演变成“路有冻死骨”的另外一拨人，他们永远也不会觉得，下雪究竟有多美。

“要去打雪仗”，“要去堆雪人”，“要去滑雪”，“要躺在松软的雪地上翻滚”，“要跟喜欢的人在大雪里拥抱接吻”，“要在纯白的雪花中起舞”。当所有的人都纷纷发表完自己的意见之后，终于轮到我来回答。

我于是偏着头想了约么三秒钟，继而就连自己都很想微笑：

“下雪了，我会出门去踩一串脚印，留着让你能追寻得到。”

在北京大雪天里慢慢行走了很久的我

信用卡

亲爱的 Z 先生：

信用卡。

简单点说，就是根据你这个人信用度的高低而兑换成相应的金钱给你去花的一种规则。

有借有还就会提升你的信用度，借了不还就会降低你的信用度。运作机制算是很简单明了。

古人重视信用，所以有“一诺千金”之说，换算成现代的金融法则，每一份信用度可以兑换成一千块钱。只不过古代没有电脑系统可以统计和整理个人资料，所以举凡有这种关于借钱还钱的大事件，都会流传成千古佳话留待后人知。

然而在现代，信用度真的就只是一个数字标准而已：拿着白金卡的人，未必就真的会比拿着普通卡的人更诚实；拥有无限卡以及钻石卡的人，也许早已习惯了坑蒙拐骗的商场伎俩。

把一个人的信用兑现拿来挥霍，这真的是只有人类才能想得出的，自欺欺人外加自我安慰的点子。

我们还有什么是暂时还没能用来兑成金钱的？

倘若真有爱情信用卡，是不是就要根据这个人的用情指数来判断给钱的多少？多情种子很容易拿到金卡，石女铁男就总也申请不到更高的额度。

这样说起来，段正淳、杨改之、韦小宝，大约都会是超级VIP级的大客户吧？！

假如我真的申领了一张信用卡。对我而言也未必是件值得庆幸的事情。

因为我很清楚，光是在你身上，我所消耗的感情，就足以令我额度透支。

然后我需要很用心地去还卡债，不断被最后还款期和非法套现所困扰。

但若因此我成为白金卡主，我依然会感激你万分。

在面对你的时候，我的爱情卡额度始终高出别人太多！

做方案做到想要把电脑从楼上推下去的我

让人敬畏的床

亲爱的 Z 先生：

逛 IKEA 的时候，我总是对床的展示区充满敬畏。

在我的眼中，床是人类社会最不可缺少的东西之一。它可以用来睡觉，可以用来翻滚，你可以躺在上面看书听歌，可以趴在上面把无聊的电视节目盯上一整天，可以缩在被子里把伤心的事用眼泪淌出来，可以假装听不见闹钟的喧嚣一个劲地用枕头把耳朵全盖住。

就连男欢女爱享受肉体欢愉，大家也都习惯了用一个正式活动开始前的预备动作来描述，叫作，上床。

我们一生中起码有近三分之一的时间是在床上度过的，它的重要性自然无可超越，电冰箱和洗衣机都无法取代。所以如果一个人打算邀另一个人长时间地分享睡同一张床的乐趣，那就只有一种可能性——他们相爱，然后决定一起生活。

然后等到生命结束了，周围的亲朋好友、儿孙婿媳全都掩面而泣，摆在生者中间的死者所流连的地方，依然是一张或者摆在自己房间或者搁在病房里的，床。

床就是这么一个看似平常，其实神圣的道具。

它期盼着生命的诞生，包容着生命的休憩，纵容着生命的激情，正视着生命的消亡。

它不会说话，假如真的会说，那它所知道的秘密，会比任何一家八卦小报的记者都劲爆。

所以当有人问到会想要以什么样的情话来跟心爱的人表白时，我略过了别人或者肉麻或者煽情或者莫名其妙的各种修辞短句：

请来睡睡我的床。

所以当有人问到最希望死在什么地方的时候，我也装着没有听到“马尔代夫”，“爱人怀里”，“卫国战场”之类的答案：

能让我睡得踏实的床上。

我自己房间的床是两米乘两米的尺寸，我总爱在星期天慵懒地从一头翻到另一头，不肯睁眼。我已经准备好了一个枕头，留给爱情。

写完信就已经无比憧憬回床睡觉的我

名字签哪里

亲爱的 Z 先生：

把名字签在哪里最有价值？

一单千万美金的贸易合同上？一笔刷下来就买了成堆奢侈品的信用卡签购单上？或许有可能会变成艺术珍品的书法作品或华丽油画的落款上？准备继承刚去世长辈留下的名车豪宅与亿万财产的相关法律文件同意人签名栏上？

不不不。这些签名，所能代表的只是作为单独的一个人而言，是你自己的一种身份认可。所以它所能兑换的价值也只是你一个人的价值，无论如何也比不上两个人的价值相加来得更为可观。

我约么是有些贪心的人，总想着要用很简单的方式就能获得更丰厚的回报。

因此我才会认真思考，我的签名到底要签在哪里，才会令我很容易获得被取悦的满足。

曾经听过有人说她收到的最浪漫的求爱宣言是对方请求她把名字签在他的配偶栏里。

于是我心里隐隐也就有了答案：

请允许我把名字，签在你墓碑上的名字旁边。

最近签名越签越顺手的我

到底该选谁

亲爱的 Z 先生：

有一个人，他常常把甜蜜的话挂在嘴边。

会开着很好看的跑车来接我下班。会半夜跨了半个城市去买某家只在凌晨摆摊的煎饼给我吃。会第一时间订好新上映的热门电影的中间座位票。会一口气买了 100 本我的新书来帮我冲销量。

他说他很爱我。

我说我知道了。

有一个人，他不擅长说太多动听的话语。

他吃着我做的番茄炒蛋吃得津津有味。他小心翼翼地跟我说我某篇文章里的某个措辞并不巧妙。他阻止我被大减价的招牌冲昏头脑而硬要往名牌店里闯。他在出差拍戏之前仔细地检查了一遍我的房子，然后第二天拎来一袋大大小小的灯泡，帮我把我几乎遗忘的客厅吊灯恢复光明。

他说这个吊灯要用 3 × 3 共九个灯泡，其实太浪费有点用不着，只用两组共六个灯泡就已经很亮堂了。

我说我会记得的。

到底哪个人真的爱我?

其实答案一目了然。

然而这毕竟是在浓缩了很多个日夜之后，在旁观者眼中看到的结论。

身陷在恋爱中的人，本身很难发觉得到对方细微的体贴关怀。小小的付出远远没有大把的金钱砸来和满口的情话爱语更有杀伤力。

所以很多人总是说真爱难寻。

其实是他们把真爱用自来水冲走了，要趴在香槟酒瓶前渴望情场浪子变身Mr.Right。

我如今还保留着十来个备用的新灯泡，家里的吊灯也只有两组灯泡在发光。

但是开跑车的人我却渐渐不记得他的长相了。他认为很牛的跑车，他认为很好吃的煎饼，他认为很精彩的电影，他认为很能帮我宣传造势的冲销量手法，我统统都不喜欢。

恋爱是两个人的事，所以要去超市买彼此都爱的可口可乐放进自家冰箱里。

恋爱不是一个人的指令，所以坐在预约清场好的三星级餐厅里，我也只是念叨着好想吃我住所附近的那家新疆烤串。

若我与你相处时，突然变得琐碎又家常，犹如老妈子般唠叨且神经质。

请不要怨我的风情渐失，创意不在。

爱你爱得浓烈时，最直接的表达方式也许就是为你刷马桶，叠衣服，换灯泡。

在手忙脚乱寻找东京塔模型的塔尖的我

芥末与鱼生

亲爱的 Z 先生：

我很爱吃鱼生，尤其是厚度切得正好，纹理切得美妙的三文鱼片。

我很怕吃芥末，不管是黄芥末、绿芥末、红芥末，只要是带有那股呛辣的味道，我就统统难以入口，一筷子都不会沾。

于是有朋友会无比惊恐地呼喝：天哪！怎么会有人吃鱼生不加芥末。

我只能有些无奈地一笑，找不到最有力的反驳理由。

我有一个朋友很爱吃饺子，尤其是韭菜鸡蛋馅的，再掺少许的精肉馅，他一顿能吃八两。

可是他很不喜欢吃醋，觉得太酸的味道未必适合与饺子打成一片，就算强娶强嫁，也大多是爱情不和谐。

我便会无比不理解地冲他嚎叫："天哪！怎么会有人吃饺子不去蘸醋！"

他就会很无所谓地一笑，似乎是懒得来反驳我一样。

芥末生来就不知道自己是注定要去配鱼生的，饺子一被捏好也未必晓得自己的幸福已经托付给了陈醋。

这个世上有很多事就是如此：没有一定是谁要跟谁在一起，也没有绝对是谁和谁完全合不来。

有时我们应当把理所当然的事情拆开来单独去逐一面对：

方糖未必配咖啡，牛奶也许并不爱红茶，铅笔跟橡皮没有想象中那么般配，硬要把鼠标拽走的话，其实键盘未必真的会很伤心。

或许没有我，你也会一样活得很快乐。

但是已经有我这团芥末了，你会愿意做那块最鲜美的三文鱼生么？

很喜欢枫糖烤面包的我

卡通化杀生

亲爱的 Z 先生：

在我们常玩的那个网站里，有一个互动的网页游戏，是让你养一些卡通形象很可爱的动物。

你需要去菜地里种牧草换饲料，然后去喂养这些动物，直到把它们养的足够大了，它们就会各自繁衍后代，该生蛋的生蛋，该产胎的产胎，少则几分钟，多则等上几个小时，我们就能把它们的孩子拿去卖钱。

为了能让自己的虚拟资产不断累积，我有时会跑到别人家的牧场里去偷各种各样的蛋，以及各种各样的动物幼崽。

偷的时候我难免会想：就这样搞得人家母子失散，真的好吗？

然而那些憨乎乎傻呆呆的动物卡通形象毕竟还是很可爱的，偷着偷着也就成了一种玩游戏的规则习惯。

这个游戏后来还在升级，可以养的动物种类也越来越多。

最近可以养的动物，有狗熊，有老虎，都是外形很圆滚滚、肉团团的虚拟猛兽。它们有的会翻滚，有的会倒立，会逗你笑得很开心，但是饲料却不能再是牧草了——它们需要符合现实自然界的基本属性，需要吃肉。

于是你就得要去养鸡，并且是养很多很多的鸡，把鸡蛋拿去卖，把鸡砍成鸡肉喂狗熊和老虎。

然后我就立刻不再玩这个游戏了：

原来杀生吃肉这种事情，就算是做成了可爱的游戏也还是很残忍。

这个世界里有太多拿美丽的外表来遮掩凶恶真相的事情。

很多人已经渐渐学会了用冷漠的神情去面对这些事情，而不会再像少年时代只是痴迷于漂亮的外貌。

就像有些人，明明最直接的目的就是玩了立刻抛弃，他也还是会说“我爱你”。

我已经不大相信后面半句，而是会直接跟对方交涉：让我先一步甩掉你可不可以？

只有当那些外表美丽，真相同样精致的人或事出现的时候，我才会主动冲上去打个招呼，热情地表达我的好感。

我现在已经不养鸡喂熊了。

但是我依然爱你。

有些朦胧地眺望着上海夜景的我

平和和平

亲爱的Z先生：

“平和”与“和平”是两个很有趣的词。

因为大家都先“平和”了，所以人与人之间的关系也就“和平”了，这听起来好像是很有道理的。

或者倒过来也说得通。因为首先有了一个“和平”的环境，所以人们才能逐渐“平和”下来。

两个字顺序的颠倒，就能铺陈出一个因果循环的关联结构出来，颇有点耐人寻味的意思。

“爱情”和“情爱”也是如此。

两个人之间先有了“爱情”，然后才能私密地进入可以小小取悦对方和满足自己的“情爱”阶段，这听起来有些复古，但的确也是从祖父母辈那个时代绵延至今的，最稳妥的感情相处方式。

或者倒过来也很符合如今的潮流。两个人从轰轰烈烈的“情爱”交流中产生了彼此依赖的眷恋，然后顺理成章地发展出可以让二人的关系更固定也更长久些的“爱情”，比起不靠谱的恋爱靠缘分，要省下太多无谓被浪费掉的时间了。

该如何定位我们之间的关系呢？——

我们大约是因为先有了“爱情”，所以才会期待着“情爱”；因为先是两个心态很“平和”的人，所以相处起来一直都很“和平”。

我们的关系其实很复古，像是一切都还比较含蓄的六十年代。

我们如同祖父母那样地相处相爱，情书就是能让彼此心跳加速的传情凭据。

似乎祖父母们常常能相伴一生——这让我由衷地庆幸。

午餐时间在 elementfresh 点美式早餐的我

租 房

亲爱的 Z 先生：

租房是一件很奇妙的事情。

拥有房子的人，自己不住，把使用权暂时交托给别人，他自然不会将那个房子视为自己的家。

租借房子的人，精心打扮着租来的房子，想尽一切办法让自己住的更舒服，但是产权证上的名字不是他的，他同样不会将那个房子视为自己的家。

有人拥有房子的一切，有人在房子里留有生活的气息，但是没有人把那个房子当成家。

原来“家的错觉”也可以当成商品来卖。

租房还很讲究的。

求租的人，需要自己衡量地段，考察房况，检视装修，调查环境，斟酌价钱，反复谈判……有耐心、时间和精力的人，可以一一筛选直至租到自己理想的房子，然后安心住下，在短暂的时间里去经营一段新的居住生活。

没耐心、没时间、没精力的人，就只能交给朋友代选，或者全权委托中介，不再挑剔地去指出这个房子的不好、那个房子的不是，抱着凑合的心态，过一天是一天。

招租的人，有时难免也要心疼着自己房子的被使用程度，要挑求租者的人品，要看中介谈好的价钱，对于求租者的一切合理不合理要求都略显心烦，有时还会暗暗感叹着世风日下人心不古，其实双方心里都有着差不多的心声。

却始终有一种共通的精神是令人感动的：

在那些用钢筋、水泥、混凝土堆砌起来的空间里，人人都在努力地生活。

在爱情的世界里，这样的情况时时可见：有人求租，有人招租，有人转租，有人合租。

或许摩擦常有，矛盾频生，但也多的是一拍即合，长期签约的例子。并且这些态度积极，要求苛刻的爱情求租者与招租者们，对于爱情充满渴望与憧憬，这已经足以令我动容。

倘若我打算租下真正的爱情寓所，我或许会奢望一辈子不再搬走。

任凭租房合约如何冷漠地驱赶我快速离开，我也会霸着用爱情当做现金买下的，那座柔软得想让人陷进去不再起身的爱情沙发，泪流满面地说一句：“我以为这是我家。”

努力工作，努力恋爱，努力租房，努力生活的我

脱衣服

亲爱的Z先生：

人类最感兴趣的话题之一，就是谁又脱了衣服，然后被很多人看到。

有名的人脱了衣服自拍照片或者录下视频，会引发全城追捧，个个都急不可待地要猜测跟他一起入镜的对象会是谁；没名的人脱了衣服跟别人视频聊天或者别有用心地上传照片，也同样能引来一片叫好，然后草根变红人，不管是褒是贬，终归是尝到了出名的滋味。

只要跟“脱”扯上了关系，就一定安静不了。

谁也不能幸免。

有人会拿最原始的兽性本能来解释说为什么人人都爱看别人脱。

男人看到女人脱光，会情不自禁地要表示出直白的欲望；女人看到男人脱光，装着含羞矜持或者漠不关心，然后偷偷瞄上两眼，对于腹肌以及赘肉表现出截然不同的两种态度。

我们本就是赤裸裸的，然后自作聪明地给自己披上各式面料的衣服。

我们开始学着包裹自己了，现在最流行的反倒又回归成要暧昧地脱个精光。

我于是觉得有些奇怪，野外奔跑的羚羊，树上攀爬的猴子，水里游弋的鳄鱼，它们也都是赤裸着在同伴们面前出现的，但它们就不会在发情期以外的时间里，觉得谁妩媚，谁性感，谁适合去拍 AV 片。

难怪从来也没听说过，熊猫也有艳照门。

我们每天也都是要脱掉衣服的。

洗澡，睡觉，称出净重，与喜欢的人亲近。

我相信我们的“脱”，与其说是一个动作，倒不如说是一种状态：

脱去衣服，脱掉伪装，脱离束缚。在一个绝对私密的过程里，静静地享受片刻的平静。

如果终须要面对彼此一丝不挂的身体，那时的气氛也必然有趣。

可能尴尬，或许羞赧，约某爱欲。能对着同一副甚至只会越来越糟糕的裸体几十年如一日地保持兴趣，那也称得上是顶级的浪漫。

其实一直都不太习惯裸睡的我

克 隆

亲爱的 Z 先生：

维基百科对于克隆一词的解释是：

克隆（英语：Clone，克隆为其音译），又称生物复制（简称复制）等，广义上是指制造出与某特定生物完全相同的复制品。在生物学上，是指选择性地克隆出一段 DNA 序列（分子克隆）、细胞（细胞克隆）或是个体（个体克隆）。

看完科幻电影，我常常都会被问到相似的问题，比如，如果要克隆你自己的话，你会希望在什么场合遇见克隆出来的你？

假设人类的科学真的发达到了那个地步，那么克隆出来的人应当保留有与被克隆的人，完全一样的基因和特征，从理论上来说，无论是外貌还是个性，都应当是相同的。

这也就是说，克隆出来的我与身为本体的我，都是一样的喜欢烧鹅和盐烤秋刀鱼，都是一样的性子急、脾气暴，都是一样的沉迷电动、懒得洗碗，都是一样的贪恋红酒，但稍微喝一点酒便酩酊大醉，都是一样的情商过低容易被爱情冲昏头脑。

既然我如此了解并且不喜欢自己的缺点，那我又何必要安排与自己的克隆人见面，然后一言不合大打出手把气氛搞得无比尴尬？！

有些连题材是科幻还是魔幻都很难界定的小说，对于克隆的概念就理解得更加深邃晦涩。

克隆出来的自己，作为生物的特征与本体的自己是完全相同的，那么也就是另一个自己。

克隆出多少个自己，就生物存在的性质而言，就等于是同时存在多少个自己。每个克隆人都是自己，即便其中一个自己消亡了，还是有剩余的其他很多个自己在存活着，单就“自己”而言，是一直存在的。

这样想一想，就有些迷惘了：

谁都是自己，自己有很多个，那么到最后又哪里分得清楚哪一个才是真正的“自己”？

连自己都搞不清楚“自己”是谁——这确实是人类进化到最后时，留给“自己”的最大难题。

倘若克隆技术终有一天会泛滥似的流行。我也许会想要多克隆几个你。

许许多多克隆出来的我，与许许多多克隆出来的你，继续去单纯而又执着地恋爱，这世界不就又多了许多对返璞归真的恋人，全球恋爱的平均质量又能得到了很大的提升。

如果还多了几个你，那也很好处理：

一个陪我吃早餐，一个伴我打游戏，一个听我抱怨公司里的烦琐事务，一个牵着我的手去超级市场买咖喱块和土豆泥。

还有一个要始终面带坏笑，时不时地对我说："嘿，我真喜欢你！"

吴承恩笔下的孙悟空很是神通广大：降妖除魔不用自己动手，拔一撮毛就能变出千千万万个小猴子冲锋陷阵去。

换成现在的科学术语来解释，就是孙悟空能迅速地克隆自己。从理论上讲，猴子毛含有的蛋白质是指导该部分毛发合成的DNA的部分表达（与其内含子和外显子有关），可以进行逆转录，也就是可以克隆。孙悟空拔毛变化的过程，也就是一个花极少时间复制DNA并衍生蛋白质最终克隆出生物体的过程。

听听！再美好的事情，被人类的科学一搅局，就全变得索然无趣了！

周末用加班当成娱乐消遣的我

薄荷糖

亲爱的 Z 先生：

我有随身带薄荷糖的习惯。

大约由于我总是熬夜的缘故，我的肠胃都有长年累月积累下来的不健康问题，所以我总是担心我会有不好闻的口气，除了说话尽量避免发出喷气的音之外，也绝少在别人面前打哈欠、叹息以及吹口哨。

我每隔一两个小时就会吃一到两颗薄荷糖，自以为这种后天添加的清凉气息，可以成为增添我人格魅力的一部分，尤其是在需要接吻的时候，更是早在对方把嘴唇靠近的前一秒，偷偷压一颗薄荷糖在舌头下方，然后暗暗得意地去给予对方一个近似于理想的吻。

可以试想一下，薄荷糖对于我而言，是多么重要的一个随身小物。重要到如果我有一天没有带着它出门，我就会张皇失措，连接吻也接得不用心，被人以为我轻浮且傲慢。

但是呢，这种自以为是的想法，在我认识的大多数人中，都并不成立。

因为胃火或者早上起来忘了刷牙而带来的难闻口气，其实比不过一句无心的得罪妄语来得让人印象更糟；而即使再怎么努力地清洁口腔，也永远不如那些总是将奉承和赞美挂在嘴边的人来得招人喜欢。

我吃着薄荷糖，我谩骂着某些真实的丑恶现状。于是，我被很多人认为是很讨厌的。

所以即使我每天都在随身带着薄荷糖，我也仍然比不过那些会不断说着好听话的人，他们比我更受欢迎。

爱情中总有许多需要指责对方不是的时候。

当我微笑着批评你的花心、贪玩、四处惹事时，即便我嘴巴里满是薄荷的清凉气息，你又是否会因为我的不善言辞，而觉得恋爱中的我是个有些不顺眼的家伙呢?

开始沉溺于第二季爱情中的我

绝世拖鞋

亲爱的 Z 先生：

我最喜欢的鞋是拖鞋。

不是时髦的人字夹脚拖，也不是搭配短裤穿的皮革凉拖，更不是各种搞怪的裸体拖或大玩试验主义的未来拖。

就是简单、普通、宽大，看起来甚至有些老土的塑胶居家拖鞋。

穿袜子或者光脚都可以穿它，任何时候觉得脚有些憋屈，都可以自如地活动着脚趾，或者懒散地将它踢到墙角，裸足满房间跑。

拖鞋能提供给我的功能是自由和舒服。不用担心会被地上的碎玻璃或者小砂子硌到，也无须考虑穿脱时的系鞋带、提鞋跟步骤，如果不考虑某些以做作著称的夜店所明令“拖鞋不得入内”的条款的话，它几乎可以带你自在地走去任何地方。

它将身为“鞋”的属性渐渐模糊，保留下来的是给予双脚的基础保护，以及让你明白有别于野兽的，身为“人”的自觉性。

穿着拖鞋的时候，我走路走得很是安心；脱掉拖鞋的时候，我放松得也很尽兴；打算上床做爱的时候，踢掉拖鞋过程之迅速，可以有效地杜绝对方趁你在脱鞋除袜的片刻里突然反悔的状况发生。

它无须保养，也不用考虑搭配，愿意穿着它到处走的人，从来也没打算在那个时候把自己打扮成红毯巨星，我们从来不去担忧它何时损坏——真的坏了也无所谓，路边摊和批发市场里到处都是散发着浓浓工业塑胶味的便宜替代品。

我是如此地喜欢拖鞋，以至于我在家里、办公室、常去的朋友的店里、健身房、曾经恋人的住所都各放了一双属于我的尺码的拖鞋。即使是出差或旅行，我也会担心酒店里提供的纸拖鞋不够舒服，一定要在行李箱里备一双才会觉得安心。

或许做情人做到最高境界，也就如同拖鞋一样：

情人会让你感觉放松、舒服、自由自在，会给你基本的爱情养分，也会给你充足的私人空间，他不能陪你去需要正装出席的场合，但会让你在自己能够掌控的场合里尽情欢愉。他爱你，会令你时时感到快乐——但是他永远也不是你唯一的一双鞋，你在搬家时最不需要带走，并且永远有大量候选名单的，就是他。

或许我在情场上努力奋斗的最高目标，就是成为一双绝世拖鞋。

正在细细端详脚上这双拖鞋的我

理性天文学

亲爱的 Z 先生：

对于很多年轻人来说，爱情是他们的生命里最重要的事情。

他们可以什么都不管，什么都不理，什么都不怕，恋爱大过天，他们这么唱着，也确实是这么认为的。

这毫无疑问是一种很让人感到幸福的决心和理念，爱情对于他们而言，真的是最大的，什么也不如两个人互相在意对方来得伟大。

纵然这种“伟大”所包含的细节，不过就是一起逛街、看电影、吃路边摊、评论某个网络红人的八卦琐事……

“你比任何人和任何事都更耀眼。”这句情话总让人听得舒坦。

对于理性的天文学家而言，爱情是他们的眼皮底下，最微不足道的事情。

人类相对于地球而言，是渺小的。地球相对于太阳系而言，是渺小的。太阳系相对于银河系而言，是渺小的。银河系相对于总星系而言，是渺小的。总星系相对于整个未知的宇宙而言，是渺小的。宇宙相对于人类无法了解的外宇宙以及外宇宙外的不可知时空而言，是渺小的。

亿亿亿亿亿万颗星球之间，必然存在无法计数的生命体，人与人的爱情被拿到如此巨大的比较场上，理所当然显得渺小得不能再渺小了，连提一提的必要都不存在。

我热爱天文，但我并不理性。

所以我会觉得，在那么多星球上的那么多生命体之中，只有我与你彼此相爱，我不需要跨越种族限制去爱你，也不需要坐星际飞船穿越几亿光年去看你，是如同奇迹一般的案例，是渺小中的伟大。

爱情这件事，可小可大，却并不能说是可有可无。

它很重要，所以贝吉塔坐着 ATTACk BALL 来地球跟布尔玛结婚，我每每都看得热泪盈眶。

无意中翻到《龙珠》旧版漫画的我

营养片

亲爱的Z先生：

维生素营养片这种东西，在我们的父母那一辈以及父母的父母的那一辈，都是不存在的。

当年有什么吃什么，煮着五谷吃着杂粮的他们，一心向往着能赶上越食越精的时代，将珍馐佳肴、山珍海味摆到日常午饭晚餐的桌上，痛快地大鱼大肉每一顿。

那时的他们，吃的食物远远不如现在的花样繁多，中餐、日料、法餐、意料、快餐、豪宴……他们吃得简单，但是吃得香甜，身体也都健壮健康。

现在的我们，什么都吃，飞的、跑的、跳的、游的，无一放过；但是什么也都不能吃，牲畜有口蹄疫、家禽有禽流感、牛奶有三聚氰胺、海鱼有重金属残留，吃什么都要命，没有一样东西让人能心安理得吞下肚去。

并且现在的我们，不管怎么吃也都还是不健康，缺钙的、缺铁的、缺维生素的、缺胶原蛋白的，从我们身边随便抓一抓，有这样问题困扰的，一抓一大把。

于是我们只能在暴饮暴食（并且还担忧着食材是否有致病危险）之后，再从各式各样的药盒里，倒出五颜六色的药丸，和着水大把地吞下去，然后心理暗示自己这对健康有好处。

维生素营养片每天都不能缺少。那些在电视上振振有词的“医学专家”们，近乎洗脑式地如此告诫我们。

人类存在了几万年，这么长久的时间以来，从来也没有人是因为没有每天吃维生素营养片就过早死了的，据说印度的戴弗吉·黛维活了130岁，清代的李庆远活了257岁，殷商末年的彭祖活了八百多岁，历史上长寿的案例数不胜数，但他们都没有吃过维生素营养片。

可是现在的我们不能不吃维生素营养片，而且就算你坚持不吃善存，也会有朋友向你推荐螺旋藻，有餐厅服务生向你推荐野生菌，也会有不知从哪冒出来的推销员向你推荐全能营养素。我们防不胜防，生活的各个角落里都埋伏着维生素营养片。

爱情也有着类似的困扰。

早年的爱情故事，总是与纯情和羞涩有关，虽然就现在看来是不成熟甚至有些幼稚的，但大多都进行得顺利，是可以相伴到彼此终老的理想形式。

如今的恋爱关系，危机与诱惑时时存在，看似自由豁达，实则险象百出，总得不定期地填补些新鲜玩意，才能维持彼此的兴趣，勉强让爱情不至于过于平淡而渐渐生了厌倦的情绪。

我一直在摸索最合理的恋爱相处之道，也不断地去寻找让自己变得更有趣的方法。这是一种对爱情重视的态度表现，也是一种希望你能健康地来爱我的，维生素营养片。

每天都需要吃维生素片的我

残酷动物园

亲爱的Z先生：

动物园是这个世界上，我认为最无情的场所之一。

笼子里关的是妻离子散，笼子外站的是阖家出游；笼子里吃的是调配饲料，笼子外丢的是果皮废纸；笼子里进行的不过是妈妈给孩子正常的梳头疼爱，笼子外就惹来了一片哄堂大笑，还有人边拍掌边说："这俩猴子真逗。"

如果这种日常习性也被称之为"逗"的话，那么在众多只出于繁衍后代的本能而发生性行为的动物们眼中，我们人类动不动就找人上床的行为，是不是才算真的"逗"呢？

动物园还有一个我认为最可悲的地方，那就是当有些动物被关在笼子里，有些无奈又有些羡慕地幻想着笼子外的世界里，它的伙伴正跟它的伙伴的伙伴们一起嬉戏徜徉、自由奔跑时，它可能永远都不会知道，同样的动物，在我们这个星球上，或许就只剩下它自己了。

人类也给自己造了一个巨大的动物园，爱情就是这个动物园里的结实铁笼：

我们总是在旁观别人的爱情，然后取笑。

同时我们也在被别人旁观爱情，然后被取笑。

当我们一厢情愿地幻想着，虽然我们在爱情中总是留有诸多不完美，但终究会遇到一个百分百完美的人，然后拥有最理想的爱情时——

其实这个星球上最后剩下的，只有孤单的，我们自己。

坐在火车上看着窗外大片农田连连打呵欠的我

换个角度

亲爱的 Z 先生：

有记者问过我，为什么女人往往比男人要感性得多？

当时恰好有一个以哭戏逼真闻名的女明星从我面前经过，我打量了一眼她的脚，然后回答这位记者："因为啊，男人们都是从平行的角度来看待世界，而女人们却有时会从倾斜的角度来看这个世界。"

女人会更换角度，男人则一成不变。

所以女人会比男人看到更多不同的东西，这不足为奇。

女人之所以会常常有机会倾斜地看世界，是因为她们的脚上往往踩着男人们无法理解的，高跟鞋。

矮一点的有六七厘米，高一点的十二三厘米，夸张一点的还见过有十七厘米的名牌高跟鞋，那几乎是让穿着它的女人用脚尖走路了。

她们或者趾高气昂，或者走路踉跄，即使脚骨因此全变形，或者忍痛将大一号的脚硬塞进她们爱到发疯的，但小一码的鞋子里去，她们为了美，可以忍辱负重、委曲求全。

单是这样的一种气概，其实就足以媲美男人们总是夸口挂在嘴边的“我为了工作不断跟客户低头”，“老板骂我三个钟头我连吭都没吭一声”，“为了升职我夜夜加班到天明”，等等一众丰功伟绩了。

女人们踮着脚看世界，世界在她们眼中，不如男人穿着球鞋平行看到的那般现实、烦琐、有名利之争、随便一个角落崩溃就是全世界的毁灭。

她们觉得浮华了，就会穿上闪亮的高跟鞋。

她们渴望爱情了，就会换上魅惑的高跟鞋。

她们甘于平淡了，就会买下朴实的高跟鞋。

她们想要安定了，就会在看爱情电影的时候悄悄脱下高跟鞋，然后把有些娇羞的脚，近乎蛮横地翘在你的大腿上，伸懒腰。

有物理学家曾研究过，日常行走的楼梯如果突然高出一毫米，人们因此摔倒的几率就会增加 25%。

所以，当我希望能不那么理性地看世界的时候，我便会悄悄地踮起脚。

同样的道理我也会拿来用在爱情世界里。

今天平行地去爱你。

明天倾斜地去爱你。

我踮脚的原因，只是因为，我想爱更多不同角度的你。

被有些潮湿的下午天气弄得微微有些不爽的我

高级音响

亲爱的 Z 先生：

我认识的朋友里面，有一些人很喜欢追求高级的音响器材。

从音箱，到功放，从线材，到音源，全都有讲究。其最终目的都是为了让声音更好听：男声唱得雄浑，女声唱得清亮，敲鼓得澎湃，钢琴要婉转，遇到排山倒海的交响乐，那更是得三百六十度回旋，非得要用声音的气场把你震倒不可。

我有时难免会有些奇怪：

那些从音箱耳机里传出来的声音，根本就不是最原始的声音，想办法让它更清脆也好，努力点让它更壮阔也罢，都摆脱了原始声音的初貌，所谓的“好听”，只是主观判断。所谓的追求“更好听”，也只是单纯的心理作用。

打个比方，从某台高级收音机里传出的，我主持电台节目的声音，可能比我平时的声音要更令你心潮澎湃——但那已经不是最本色的我的声音，你只能说“收音机里传出的声音听起来让我更舒服”，但不能说“它的声音比你的声音更好听”。

就像是爱情，我们可以判断出在两个人中更爱哪一个，但是不能因为身边的爱人先穷后富，就说我们更爱后来的他。

我也会为你准备最好的音响——那就是我每天在你耳边说学逗唱，早上的时候更是带着慵懒劲儿：“嘿，8点了，快起床！”

最喜欢收集 Hi-Fi 耳机的我

恒星和行星

亲爱的 Z 先生：

我们都知道夜晚漫天的星星，有很大一部分都是自己不会发光的，它们因为折射了其他会发光的恒星的光，所以才会亮起来。

尽管如此，我依然会觉得“折射”这件事情本身就很了不起，不比自己会发光这件事情来得逊色。毕竟一到了晴朗的晚上，人们在抬头的一瞬间所赞叹的都是“这么多美丽的星星”，“真是太璀璨的星空”等类似的话。

几乎没有人只在“自己会发光”上做文章，“多么璀璨的恒星星空”这样的赞美，从来就没听到过。

人类中也有很多“自己会发光”和“折射别人的光”的例子。

自己会发光的人，耀眼、明亮、伟大，很容易就显得突出，跟普通人比起来很不一样，一看就知道是会成为了不起的大人物的类型。

折射别人的光的人，亲切、快乐、优秀，会因为将发光的人衬托得很突出，而同样受到别人的关注。虽然只凭着自己的能力未必能扬名立万，可是他总能跟别人相处得愉快，让人很乐意跟他待在一起。

会不会自己发光，也许是天赋和环境所共同造就的，但即使不是每个人自己都能主动释放能量，学着去折射别人的光芒，一样可以让自己闪耀起来。

爱情里的两个人也是一样：

一个在发光，一个在折射——不要太计较到底谁是主导，谁是附属，因为如果其中一个熄灭，另一个也将黯淡；其中一个透明，另一个就孤独得刺眼。

有时会在星空下坐到黎明的我

当……时候

亲爱的 Z 先生：

想要打电话给你时，你就是电话号码。
想要给你写电子邮件时，你就是邮箱地址。
想要寄封手写情书给你时，你就是家庭住址。
想要陪你去看晚场电影时，你就是几排几座。
想要去你的墓前献上鲜花时，你就是墓碑编号。

那么，当你说你爱我的时候，你又是什么呢？

当我说我爱你时我就是你的卫星的我

太早与太迟

亲爱的 Z 先生：

吃草莓蛋糕时，我会把草莓留到最后再吃；

看报纸杂志时，我会把看起来最有趣的文章放到最后再看；

玩电脑游戏时，我会把珍贵的道具存到最后关卡再用；

说恋爱情话时，我会把绝顶肉麻的情话备到最后时刻再说。

草莓有时中途就会被别人抢走，标题最耸动的文章可能读起来没那么有趣，游戏打穿了也没有使用珍贵道具的机会，自以为杀伤力很强的情话也许会遭到对方的嫌弃甚至吐槽……

最后的未必就一定得是压轴的，对于普遍没什么耐心的现代人而言，春节联欢晚会在零点后的节目往往是收视率最低的。

所以我们应该遵从自己的意愿：喜欢了就要立刻去表现出喜欢，限量版一开仓就会被抢空，好爱人一露面就会被关注。

我爱你。

这三个字说出来的时候偶尔可能被人嫌早，但一定比最后说出来被人嫌太迟要强。

跟死党吃饭一定得先下筷子为强的我

帽子很莫名

亲爱的 Z 先生：

我有时搞不太清楚帽子的具体作用是什么。

拿来挡太阳——其实它能遮掩住的肌肤面积着实有限。

用来取暖——大多数帽子所能为身体增加的温度更加有限。

戴着很舒服——说实话长时间戴帽子真的会让人头皮发痒，浑身不自在。

我只能得出“帽子最重要的作用就是装饰”，这样的结论。

相对于衬衫、裤子、球鞋、手套而言，帽子身为“衣物”的必要性最低，但是正因为它以暧昧的“衣物”属性出现在世人面前，所以大多数的男人宁可戴帽子，也不接受戴耳环、戴项链、戴手镯、戴戒指等性质更为相似的行径。

对于大多数人而言，有些人有些事并不必要，甚至可有可无——比如“爱情”，就算没有它，也不影响人类正常生存下去。

但是“爱情”的属性并非是“精神意识”，而是被划分到了“生命意义”的版块里去，被暧昧了存在位置之后，它理所当然成为大多数人最重视的生存必需品之一。

没有我，你也一样可以活得很好，但我仍愿意成为你的帽子：明明装饰的作用更多，却非得强调自己身为“衣物”的存在感，手表有时懒得戴出门去，唯愿与背心内裤一般，天天贴身伴随。

打开电台开始漫无边际地胡思乱想的我

萧先生

亲爱的 Z 先生：

前几天我又见到了萧先生。

他微笑着，神情略显疲惫。

因为他年纪比我小很多的缘故，我以前一直把他当作一个大孩子，有时拍拍他的后脑勺，开玩笑地说怎么老也长不大。

这次见他，他居然开口说：“我要结婚了。”

我惊了一下，手中握着的酒略略撒了些在手背上，慌慌地取出纸巾来擦干了，心里倒是形容不出是什么感觉。

我说：“萧先生，你好。”

我总得改口称呼他为“先生”，他终于到了这个阶段。

萧先生的结婚对象我没有见过，据他说是个很普通的人。

这样的描述有欠公平：大多数人结婚的对象都不是蜘蛛人、钢铁侠、火影忍者、海贼王，“普通”是一个大家共同享受的属性，但不会成为特有的标签。

但他这么一形容，我心里倒了然三分。

“你是不是对她没什么感情？”我装作镇定地问。

“是几乎不认识。”他果然平静地答我。

哪怕只有一丝爱意，也能看得到对方闪光的地方，“他不帅但很老实”，“她矮小还好聪敏”，“他简朴适合过日子”，“她细心会照顾好家务”，此类评价都是基于“普通”之上，被挖掘出来的优点，没有翻江倒海之能，可多少都品得出些许爱情的陈香来。

萧先生结婚的对象，只是希望通过婚姻法律关系，帮她前去萧先生目前国籍所在的国家定居，然后再顺理成章地拿到该国国籍而已。

我禁不住又问萧先生：“你为何要拿重要的婚姻关系，来帮助一个与陌路人只有一句问候之差的家伙？”

“因为她愿意跟与陌路人只有一句问候之差的我结婚。”他似乎将我的问题逆转式思考一般地回答我。

他就连说话应对的神情，也很“萧先生”了。

后来没多久，他就回他现在国籍所属的那个国家去了。我陆续有听到他的一些琐碎消息，以及更多来自他结婚对象的一些复杂消息。

他前几年抑郁症，后来陆续有服药，据说还被感染了某种无药可救的病毒，他不富裕，婚姻有名无实——在我看来都是种种的不美满。

但他总会在网上遇到我的时候，说：“我很好，我很快乐”。

久了我也就被他说服了，觉得他真的还蛮快乐的。

所以我现在不太会盲目评价别人的人生，正如我也不希望在别人眼中看来，我的爱情和我的一切都不美好。

快乐是主观情绪，幸福由自己决定，我们会开心起来的关键点彼此都不相同，好比是在电影院看一出喜剧，有人笑到捧腹，有人神情木然，你不能帮别人笑，人家也管理不了你的冷静。

我很好，我很快乐。我会时常这么告诉自己。

只因为我们这批人，被人称呼时的后缀早已不再是某某“同学”，而是，某某“先生”。

在用心体会“成长”的我

无 糖

亲爱的 Z 先生：

出于健康的考量，我日常吃的薄荷糖和喝的饮料，都选择的是“无糖”版的。

不只是“无糖”的糖，类似的例子在日常随处可见：

“不含咖啡因的咖啡”，“没有乳脂的鲜乳”，“鲜少有猪肝的炒肝”……有些是人为因素，有些是文化变迁，许多事物开始名不正起来，但叫习惯原名的我们倒也言得顺。

我偶尔会因此有些小伤感，日子久了也就习以为常。

爱情也是如此，所谓的“法定婚姻”、“百年好合”、“白头到老”、“朝夕相伴”，不过是两个人恋情的一个名号，表里如一固然很好，但也没有人规定“不去登记结婚，两个人就不能幸福”，或者，“不能朝夕相伴，就一定不会恩爱”，等等。

当现在的每个人身上都无形多了许多名为“责任”的负担，在生活中往往身不由己的同时，还是难免要去向往幸福的爱情。

每每遇到类似的情形，我就会去开导那些被各种阻碍束手束脚的恋人们：

幸福的形式有许多种，最重要的是彼此心里明白该如何相处，比如——

名不正，言得顺。

向来无所谓名声法规的我

签 证

亲爱的 Z 先生：

我们前去一个非我们国籍的国家时，有些时候需要经过这个国家相关部门的批准。

该部门的官员，会通过各种不同的形式来审核我们是否具备优良的资格，前去他们的国家办公、观光。一旦认可，就会给我们批准一样叫作“签证”的东西。

有些国家的签证很容易批准，有些则很难，有些根本有没有都无所谓，因为我们可能一辈子也不会想去那个国家。

签证所代表的，不是我们自己本身是否优秀，而是我们是否符合某些国家所希望的标准。

常常见到有些人会拿签证作为炫耀的资本，觉得自己去过很多国家很厉害。

其实只要稍微转换一下思维就很清楚：去过很多国家的人，其实只是符合很多国家制定的标准罢了。他所炫耀的，不过是作为客人所具备的起码素质。然而作为主人的自觉，他却已经淡漠了。

我对于是否能被很多国家批准签证并无兴趣。

我关心的只有爱情国度，我提交的资料很可能是满满的关于我如何爱你的记述，但这个签证是否能被批准，还需要看两人共同的努力。

有人说结婚证书就是爱情国度的签证——其实那已经是可以定居的绿卡了。

很多人憧憬绿卡，但我依然常常听说有人还想再度移民回单身国。

每次一到需要准备签证材料时就觉得很麻烦的我

名车与司机

亲爱的Z先生：

当别人都在关注路面上跑着的车，哪一辆更名贵，哪一辆更罕有时，我更关心的是开着车的司机，哪一位技术更高超，哪一位性格更温厚。

名车总会散发一种盛气凌人的架势，超卓的加速性能只会添加穿越马路的行人们的恐惧，纵然再豪华也只是保障了车内人的安全，对于车外的一切都漠不关心。

优秀的司机，则会小心翼翼地顾全着与行车有关的一切细节：让坐车的人不至于感觉颠簸不适，也不会给路面上的行人带来任何涉及安危的困扰。他比名车让人舒心，是日常交通里真正的宝贝。

在爱情里，我始终希望自己是一个合格的司机。

安稳地承载着两个人的感情，又不会给周遭的人带来麻烦。让恋人感觉美好，让身边始终平和。

我们其实只要确保安全驾驶就好，开不开奔驰、宝马、法拉利，本身真的不重要。

有时也想安稳开车载着你在环海公路上飞驰的我

自己的时间

亲爱的 Z 先生：

跟一个人约好 9 点 30 分见面，就算你掐着秒表精确到一秒不差地到达目的地，对方的时间可能是 9 点 29 分 17 秒。

这个世界上，大多数人的时计所显示的时间都不相同。你约了别人或者承诺别人，在几点几分完成什么事，其实遵循的不过是你自己的时间罢了。

换句话说，警察录口供时，记录的是证人关于“晚上 11 点 46 分，发现有一个人鬼祟地倒在马路上”的证词。这个只是证人自己的时间里所目击到的事情，对于那个被目击到的人而言，他其实在 11 点 46 分踩到了香蕉皮，在他的时间的 11 点 47 分因为滑倒摔得太痛，暂时爬不起来才被别人目击到了。

相似的例子还有，有浪漫主义者在日记里写下，“下午 2 点 25 分，我深情地与他对视，我们此时陷入爱河”，很可能在对方的时间里，对望是发生在 2 点 28 分的事情，2 点 26 分时他还在因为总是得不到另一个人的心而郁郁寡欢，终于决意立刻将那个人彻底忘掉，展开一段新感情。

每个人都生活在自己的时间里，每个人又都或多或少地在迁就别人的时间。

爱情里也到处都是不同的私人时间：在你的时间里爱上我，在我的时间里负了他，在他的时间里误解了谁谁谁。

无须刻意对准时间，陷入爱情里的每个人都不是特警队员，留一点彼此时间的小小差池，在错开的时间里去恣意行动，其实很爽。

你在北京时间 22 点 05 分给我电话，我接到的时候是 22 点 01 分，22 点之前我都在写情书。

相差三小时两分一秒的人生总是很有趣的我

十步杀一人

亲爱的 Z 先生：

古代有一个人，15 岁习剑，陆续师从当时几位剑术高明的大师，苦练五年已有小成。

他疾恶如仇，喜欢为乡里打抱不平，后来因为一件在他看来是惩恶扬善的事情，而亲手杀了好几个人。

为了躲避官府的追捕，他毅然决定仗剑流浪行走天涯，绝不给家人添半点麻烦。

此后，他陆续与各地英雄豪杰打交道，还两次从军，只身一人从山中猛虎的口中抢下了好友的尸身，最终因为生性耿直，不遂皇帝的意被逐出京城，以酒和剑为郁郁不得志时的乐趣。

这个人叫作李白。

我知道的，我描述的他的形象，跟我们大多数时候听到的另一个版本都不太相同。

但这也千真万确，是李白他的生平与作为，他仗剑豪情的故事，远比他纵酒吟诗的传奇更鲜活真实。

我们自己也是一样。

听到来自他人口中描述的我们自己，往往是一个共通认知的形象。

但我们一定还拥有鲜为人知的另一面自我，只留给少数有耐心也有真心的人去慢慢发掘。

正如别人只知我是“我醉欲眠卿且去，明朝有意抱琴来”的诗人，但在爱情里，我其实是愿意为你做一个“十步杀一人，千里不留行”的侠客。

每次一读李白的诗就会觉得豪情风发的我

别人的生日

亲爱的 Z 先生：

我们一生中庆祝的最多的生日，不是我们自己的生日，而是别人的生日。

父母的生日，父母的父母的生日，兄弟姐妹的生日，各家亲戚的生日，各家亲戚的子女和父母的生日。

朋友的生日，熟人的生日，不太熟的人的生日，被临时拉过去凑热闹的陌生人的生日，同事的生日，上司的生日，客户的生日，客户的兄弟姐妹、父亲母亲、儿子孙子的生日。

伟人的生日，爱人的生日，爱人的朋友们的生日，过去的爱人的生日，过去的爱人的朋友们的生日。

也就是说，你认识的人越多，你一生中所需要去庆祝的生日也就越多。如果你认识的人足够多，那么你很有可能每天都需要庆祝生日，每天都需要去表现出很快乐的样子。

你送了许多礼物，说了许多祝福，吃了无数蛋糕，插了许多蜡烛。但这些生日，都不是你的。

你的快乐，在为别人的快乐添砖加瓦，当这些数量庞大的快乐最终堆砌成了参天的建筑，那么这座帝国大厦究竟属于谁?

我每次参加别人的生日会，都会玩得很开心。

觥筹交错，唱歌聊天，仿若是自己的地盘一样不觉拘束。

有人会纳闷于我的过度热衷，便会发问：“你为什么会这么开心？”

我便会递给他一杯酒，拍拍他的肩膀，示意他一饮而尽，然后再告诉他答案：

帝国大厦是由 Starrett Brothers and Eken 建成，但是每个赞赏它的雄伟的人，也都会觉得那份仰慕的心情，是真切地令人激动的。

爱情也是如此，或许一对一的爱情，是两个人之间的私有制度产物。

但我也并不介意别人投给你的热切眼神，以及不时送上的示爱举动。

倘若真正的爱情是一座帝国大厦，那么想要确保它的坚固安稳，就总得多砌几块砖瓦吧？！

准备参加上司生日会的我

与皮肤无关

亲爱的 Z 先生：

得知 Alexander McQueen 自杀的消息时，我正在犹豫要不要给我喝惯了的黑咖啡里加一颗糖。

后来我还是决定不加了，把立刻显得多余的那颗方糖放到一旁，然后皱着眉喝下一口。

这一杯咖啡似乎格外得苦涩，几乎令我难以下咽。

我含在口腔里约么五秒钟的时间，然后吞下去。

眼角轻轻地渗出了一滴泪，我猜想，这也许跟咖啡太苦有关。

关于 Alexander McQueen 这个人，我一向抱有一种只谈时装不谈人的态度。

他的时装诡异而愤怒，是一种将生命的力量浓缩于死亡绝境里的创作情感。

时刻可能爆发，不安分到了极点，是乖戾叛变的造反分子，对于一切按部就班的传统都充满不屑。

我时常看着他的时装，一个人会大笑起来，然后拍着掌说："此人妙极，此人妙极。"

接着我就会继续做我该做的事，吃饭聊天，喝茶八卦，唱歌跳舞，生活照旧如常。

他的时装虽好，但从未影响过我的生活。

我欣赏，却毕竟穿不上身，走不出门。

只因我喜爱的那些作品，全是为女人的线条而裁衣。他所创作的男装尽管鬼马，可总欠缺些戏谑无常的风味，嚼起来便嫌略微清淡不够过瘾。

不谈他的人，自然有我的理由。

几年前我曾见过他一面，在伦敦的一间咖啡馆，恰逢他由瘦变胖的转折期。

他瘦削时，眼神带着一丝忧伤的锋锐，即便是照片，也看得人有些心紧。

发胖后的他，反倒和善顽皮起来，望着人的时候有和煦的温度，目光可以把皮肤也眷顾得惬意舒适。

他不认得我，我认得他，这是理所当然的事。

他抓着一块玛芬边吃边走，从我身旁经过时，将一些碎渣掉落到了我的桌上。

“对不起。”他笑嘻嘻地转身跟我道歉，然后伸出不算纤细的手帮我把碎渣扫到桌角，用一张餐巾纸包起来丢掉。

你为什么总爱画骷髅呢？我不愿错过这个机会，以职业的本能去问他。

他略微愣了一下，约么是在猜测我的职业或者身份，然后便很迅速地回答了我的疑问，像是这个答案他早已准备好了许久许久一般：“我其实是在画人类的肖像，因为太懒，所以就偷懒少画了一层皮肤罢了。”

是啊，他确实是在画着不同人的肖像，只是由于我们过分重视表象了，所以在缺少皮肤与毛发的情况下，我们很难辨认一个骷髅与另一个骷髅有什么区别。

我心里一直守着这个秘密，虽然我并不晓得他是不是还对很多人或者很多媒体都说过类似的话。我确实也因此更能品味出 Alexander McQueen 时装的妙处来——其实他作品里出现的大多数骷髅，都是不同人的肖像，各自都不太一样。

这之后我就鲜少聊 Alexander McQueen 这个人，因为我觉得追逐他的八卦是非实在过于无聊，这个道理其实与他的理念如出一辙：

我其实喜欢的，是那个会帮我扫掉面包渣的 Alexander McQueen，至于这个人在别人的脑海里被假想成什么模样，那又何必要去深究？

骷髅外面包裹着的那层皮肤，真的很不重要。

Yves saint Laurent 离世之后，我难过了整整一周。

有人对我说：“你何必这么难过，你又没真的穿过他设计的衣服。”

Alexander McQueen 的死讯传出，我又开始泛滥着忧愁的情绪。

也还是有人会问我：“明明你的衣柜里一件他的衣服都没有，这些伤感又从何而来？”

亲爱的 Z 先生啊，你是否会明白我心中的这种感受呢？

喜爱一个设计师，未必要真的把他设计的衣服都穿个遍。

同样的道理，爱上了一个人，未必也真的需要见面后形影不离诉衷肠。

既然我们的本质都是骷髅，那么爱情的真相，就无关皮肤与碳水化合物。

突然很想很想吃一块玛芬的我